ジェフ・クーンズ

ライナルト・ゲッツ

初見基［訳］

ドイツ現代戯曲選 23

Neue Bühne 30

論創社

編集委員◉池田信雄／谷川道子／寺尾格／初見基／平田栄一朗

This translation was sponsored by Goethe-Institut.

GOETHE-INSTITUT

「ドイツ現代戯曲選 30」の刊行はゲーテ・インスティトゥートの助成を受けています。

Krieg. Lustspiel ¶ Igor Bauersima norway.today ¶ Fritz Kater zeit zu lieben zeit zu sterben ¶ Elfriede Jelinek Macht nichts ¶ Peter Handke Die Stunde da wir nichts voneinander wußten ¶ Einar
kke Die Alphabeten ¶ Franz Xaver Kroetz Der Drang ¶ John von Düffel Balkonszenen ¶ Heiner Müller Der Auftrag ¶ Herbert Achternbusch Der Stiefel und sein Socken ¶ Volker Braun Iphig-
ldberg-Variationen ¶ Dea Loher Tätowierung ¶ Thomas Bernhard Heldenplatz ¶ Elfriede Jelinek Raststätte oder Sie machens alle ¶ Rainer Werner Fassbinder Der Müll, die Stadt und der Tod

目次

Jeff Koons

ジェフ・クーンズ

第三幕

「洗礼者ヨハネ、ニューヨーク、一九八九」
ジェフ・クーンズ

III

パレット[★1]

1……………………………………前で

入るのやめとこうよ。
わたしは入る。
ほんとかよ？
さあ、行きましょう。

2……………………………………入口で

十七マルクです。
二人分？
いえ、一人分。お二人だと三十三マルク。
三十三ね？
はい、そう。
じゃこれで。
スタンプは？
ああ、いいや、いらない。
お楽しみを。
ありがとう。

3……………中で

あっという間だったね。
で、いまは？
ちょっと狭苦しいわ。
でもいいよ。

ぼくたちは
穢れてみせるつもりだった、
絵を描きながら、
ぼくたちは最後の人間になろうという心づもりだった。

スピーチでぼくは
この儀式の意味を指摘した。

4……………………………言葉の壁(wall of words)

すごいぞ、こんなにいっぱいだ。こんなたくさんで、こんなにあっさりと。ぼくの体が塗りつけられている、引っ掻き傷がひりひりする。釘付けされたおおきな文字、調子のあわせられた高らかな歌。詰め込んであったいっさいをいま吐き出し、染みついた汚れをおとして、露に濡れる。どれほどはずれているのか、そこそこなのか、わからない。わかってるのは色彩と暖かいコートだけ。きみの問いもおしまいにはわかるさ、でも話の飛躍はよくわからない、ずれてしまってるんだ。ぼくたちはちょっと歩いて、横になる、ぼくたちは夢を見た、飲んで、あれをした。堅固な壁にはめ込まれた石、目、はがね、それに並み居る顔も強ばっている、どことなく強ばりすぎている。あいつがこっちにやって来る、あの子もやって来る、綿切れのなかへ、絨毯のうえへと、紐をつたって。もっと柔らかな液体のなかへと逃れ、弱々しい皮膚を傍らに携え、塑型材でかたちをつくりあげる。争いを疲弊させて、悪事を抹消する。心塞ぐ心配事によって輝きを洗い落とし、反抗をぶち壊し、厳格さを呼び覚まし、そうやって呼び覚まされたものを隠して消し去り、殺し尽くし、処理する。いま頭上にある古い藪を覆い、秋になり葉を落とした無念さと結びつける。ぼくたちは後ろへ行ったり前へ出たり、しゃべったり、飲んだり、踊ったり、笑ったりする。狭い屋根裏で鳴っている音楽が脳髄で照らされ、円を描いてから後ろに戻っていままた前へ。自分の卑劣さを判断するなかできみがしなくてはならないことは、あ、いや待てよ。ぼくにできることは、ぼくに足りないものは、ぼくが穏やかさのなかでやらなくちゃいけないことは。太った男が先ほどの男についてしゃべり、別な男もそうする、すると後ろから妄想の波が押し寄せる。たくさんではない、片づけてしまえ。ただ、きみがぼくを、ぼくたちが互いを、それのように。だったらそうに違いない、またいっしょに、きみのも、そしてぼくが感じるなら、ひとりのちいさな、わからないけど、ぼくたちみたいに、彼女ももう、ぼくたちも、早めに殻をかぶって。それのようなものがもう、そしてそれから？　委託された監視、保護されることなく。

5……………………レット・ザ・ベース・キック（let the bass kick）[★2]

ブム
チャ　ブム
チャ　ブム　チャ
ブム

いいぞ

チャ　ブムチャ
ブム　ブム
ブム
チャ　ブム

そうそう

それ　ブム
チャ　ブム
チャブム　チャ
ブム

愉快だな
なんかそうだろ？
そうだな

6…………………………………………ダンスフロア

かき乱され　あこがれながら
ぶん殴られ　ぶちのめされ　張り飛ばされ
風にくるまれ
尻のかたわらを過ぎて
月に誓って

閉じられ
ここでは開いて
そこからなかに入り
今度は出てくる

痛みにしずみ
悲嘆にくれ
驚きばかりで
なんてこった

決然と身を捧げ
ぶん殴られ　ぶちのめされ
ひどく、ひ……
わかってる　もう充分

7……………………………………カウンターで

ぼくたちは語り合う
技術、グラフィック・アート、構成について。
具象化のコンセプト。
政治批判。
サイズ、どの言語か、どんな意味か。
議論、討論、方法論争。
描かれた言葉、どんな絵具を用いて、どんな字体か。
コンピュータ、クラッシュ、犬、劣悪な
成り行きの背景。
明日の新しい絵画。
誰も彼もと同じように、セックスの前の部屋を通り抜ける。
そこでなかでそれのそこからやっぱりそれ。
どうやってそこに足を踏み入れ、彼女を通り抜けるのはどいつだ。なんだってそんな
に正確に

それがそれにそれから。損傷、暴力での。着想。
逃亡、憧れ。子どもたち、国家。深みを
浅く平板に保ち、もっと習うこと。

それで鈍さが効果をあげるのはいつなのか、
いったい破産はいつなのか？　君主が王権を正当に獲得するのはいつ、
そしてネオン色の光が効果をあげるのはいつ？
さまざまな疑問について、そしてこんなに機械化した発言について
ぼくたちは語り合う。まったく間違ってるのかもしれない。
ぼくたちはそんなに精密であるわけじゃない、それはたしかだ。
大切なのは、手で触れたりはねつけたりして、試してみること、
つまり、現在という瞬間にあっての未来の行為だ。
とりもなおさず、ぼくたちがともかくそちらに身を開きゆくとき
どのようにか現われてくる何かだ。

8……………………………………奥で

もっと何かもらおうか？
何がまだあるの？
何だってあるよ
ほんと？
うん
そう
で　どうする？
あなたはどうなの？
別に
どう　気分は？
あぁ　うん　わかんない
じゃ　奥にいってみようか
そりゃいい

9……………………………………洗面所

ほんとはあの人のこと全然
愛してなんかいない
すてきだなと思ってるだけで
触れてみた感じも良いし
まずちょっと見つめてみて
ちょっと口づけして
それでいけるかどうか
どこまで行くのか
見定め
場合によっては
ほんのちょっとだけ何かに狙いをつけたりもする
これってやっぱりすてきでしょ
ちがうかな?

実験室　被験者　実験装置
実験-失権、やりたくてむずむずしながら
空に　猫　玩具　女

えっ　なに?
なんだって　どこ?
すぐ行くから
先に行ってて
もうすっかり濡れちゃった

10……………………………………床のうえに

吸殻と灰
汚物とコンクリート
靴とブーツ
足と女たち

男たちと脚
シャツのなかにパンティー
パンティーのなかに毛
荷をゆるめ

もういちど初めから
とってもいいよ　ほんとうに

えっ、何だって?
そんなに怒ってるの?
怒ってないよ

靴底となめし革
テクノと鞭
ドラッグとエナメル靴
ぼくを送り届けてくれ
きみの身を屈ませるぞ

コカインちょうだい
もう行くの？
ちょっとここでマリファナ吸わせてよ
まだ一錠もってるでしょ

ペーターとガビ
といっしょの別なペーター　ヤスミン
昨日のあばずれ
あの女ほんと　すごかったぜ

まだなんか？
どうして？
じゃまた
また明日

さあ立って

立って歩くんだ
当然　もちろん　すぐ行くよ

でもぼくたち
やっぱりまだなんだ
えっ　なにが？
ん？　どこ？
なに
それとも？
もう一本射って
それからカウンターへ

11……………………………………………壁

そして男は前を見たまま、まだ描かない、だが動きのなかにあるこうした結びつきの心象をもう何度も目にしている、影におおわれ暗く、しかしあますところなく明瞭だ。構造を造形すること。ひとつの結合と少しばかり剝き出しになったもの。ひとつの眼とひとつの視線。渇望の思考。歯、唇、それに色彩、色彩だけをまずは言葉を使わずに考える、言葉で考えるならもう言葉が介在してしまう。関係と距離に対する感情、まぶたの瞬きと引っ込められた彼女の手に映った、これから起きて欲しいことへの感情。わたしを見て、とうなじは語る、煙が立つからには何もないはずはない。ぴくりという動き、誇り、ゲームの規則。わからない、わかる。こうでさえあればぼくはきっと。この人はそうかもしれない。ぼくにその気はない、ぼくは知らない。ぼくはそうしなくては、彼女のなかで。ちょっと待って、最初からもういちど具体的に。影のある壁、抽象も混ざってる。入り混ざった思いこそ本物で、本物が普通なのだ。行為と計画、身体、意図。計画についてどう思うか？　意図はどのように表わされていたか？　拍子が破られる、頭のなかで破られる、音色が違反を妨げ、論理と歌を求める。上下運動、リズム、抽象的に、じゃそれで？　照応、そしてこれらの話、一枚の絵画のなかでこれがなされなくてはならない。そしていつも、それで？　まあそうだ、たしかに。それで何なんだ？　もちろんあれだ、それからこれ。彼は前にあるそれを見ている、たしかに。

12……………………………………傍らで

督促する　懇願する　待ちこがれる　不安を抱く
切望する　疑う　見る　望む

負担
憂鬱
同情
罪

貧困　排除　卑劣
厳寒のさなか　低俗作品に
鉄人
きみは古い溶液で
ぼくは行く　取る　その気だった　行った

ぼくたちは異論から完治している
ぼくたちも　それをしない人々ではないのか　あれっ？
踊って飲む　飲む　ビール
女を静かにさせよう　車に乗せよう　その女

着想
社会
カウンター
ベンチ

構造
建造物
彫刻
構成

悲嘆　空虚　読書　不安

酔う　歌で讃える　ほほえみかける　笑う
踊って　語って　四分割　顧慮
酔う　飲む　踊る　ビール
そして美　牧草地　星々　雄牛

きみといっしょに
ぼくの家へ
きみの家へきみの家へ

13……………………………………来客名簿

若い男
老人
中年男性

かわいいねずみ
野生のうさちゃん

毛深い小猫ちゃん

聖ヨハネ
イングランドの警官
ぬいぐるみの動物

物書き
画家
音楽家

報道機関
貨幣
公衆

判事殿
最後の審判
判決

14 ……………………… 求職窮し飲屋の給仕

苦悩の歌
夜に捧げる祈り
歳月のなかへと身を屈め
悲しみをよく考えて

過ぎ去り
覆われ
取り乱し
そして感じやすく

かわいいあの子を逸して
親しげに歌い

いまはあの子のように
まだそれではない
ぼくたちはもういちどするつもりだった

身をもって知ったこと
も悪くない
行なったこと
も楽しいもの

ぼくたちは行く
呼ばれて
ぼくたちは振り返る

夜に捧げる

歌
苦悩に向けて
わめく

補給もしてある
あそこで

髪の毛についてそうであったような
経験を彼らはいま味わっている

15…………………………………………入口

すいません　本日は常連の方だけになります
私　ヴァーグナーですから
かまいません
通知してあります
どちらに？

ここに
はあ
確かめていただけませんか？
お名前なんでしたっけ？
ヴァーグナーです
ヴァーグナーさんね？
はい
残念ながらありませんね

載っていない

どうしてそんな
載ってると思うんですが
思うのは勝手ですけど
でもお名前はありません

そんなはずない

でもそうなんです
ちょっと受付の場所なので
お客様が入れるよう
開けていただけませんか
みんな常連客なの？
それともなにか？
もしはっきり言えということでしたら
えーと？
ヴァーグナーです
ヴァーグナーさんとやら　不愉快なんですがね
外にいていただけませんか

後悔しますよ

ブルダからですか？　それともシュプリンガー？[★3]　鬱陶しいんで
ともかくとっとと出てってください

仕事中だっていうのに
邪魔なんですよ

16……………………………………ビール樽のコック

それがいまそっくりうまいこと繰り返されなくてはならないとか、あるいは逆に反駁されなくてはならない、などと彼が考えているわけではない、そうなら笑止千万だ。そうだったら恐ろしいくらいだ。彼が考えていたのはむしろ、状況の一種の模写であり、この中間列が中途で壊れているのを示すことだった。何なのか、どのようになのか、厳密にはどうなのかを、いまきわめて厳密に言うことも彼にはできない。そしてそこから何が生ずるのか？　絶え間ない没落状態、そのとおりでもあり、誤りでもある。それでいまは？　まるでそれらの数、重量、優勢が容赦なく増加していったかのようだ。もうすでにほぼ完成した状態であり、それを背負うことなど実際にはまったくできないような状態と対応している。そう、いわば枢の伝説だ。そして、そうだったのかどうか、もしそうだとしたら、以前に彼らはどこにいたのか、という、当時としては疑問であった知識。ぼくの生、当時、ぼくそして今日、というように今日なら言うところの、言わねばならないところの、励ましの言葉の割り振り。どのようにぼくは、ぼくはもし、きみがいなければ。つまりこの現実の残りに対抗し、単純な一点に向かって孤立して過激化した生。行為なさざる者ではない、それはそうではなく、逆なのだ、人はおのずから、そうだったところの者だった、その場合どっちみち、当たり前のこと。何の役にも立ちはしない、まったく。そしてそれから？　これは何だと言うのか、このぼくらしさ、この家郷は？　そこは残りの場、斬首の場、措定の場だったことがあるのか？　今日の状態では、破壊や拾得はひとつの反抗以外のなにものでもなく、外部や戦争は内的形式において、末端での存続以外の、つまりそうであるところのもの以外のなにものでもないか？　そしてそれをどんな創造だというのか。実際、それ以前のはじめの創造に対して、そこにある次の創造がたゆたう、このいまという時の瞬間の終わりにあって、死んだ精神に授精できなくてはならないだろう。うまくいくものとぼくは思っている。そこにも答えはあるだろう。その際に明らかに、ここにある現実はその精神で**ある**ところの偉大なる書物として、赤と赤い決定機関を表わしている、まことに。それで？　その後は、どのようにか、なんらかのやり方によって、それを。あるいはやはりむしろ、あべこべかもしれない。まあ見てみよう。

17 ……………………………… カウンター

この意味で
いい考えだ
コンセプト書類が呈する
さまざまな意味
くだらないおしゃべりの善意
肉欲を崇めながら
ちょっと話してみなよ

女はこの一場面について話す
そこでは女が芸術家に向かって言う
先生　ちょっと質問があるのですが
ああどうぞ
先生のためにわたしにできるでしょう
花瓶と語らっておられるときに

何のときだって？
カビンだって？
過敏に快楽感じたい　だと？

インタヴューについて議論する
問いを投げかける
着想
少しばかりそれをして
なかは濡れて
行きついた

それっていやな感じだ
どうしてか
だけどそれは
この意味でなくたっていいんだろ
そうでなくちゃいけないのか？

そうじゃなくていいに決まってるだろ

18……………………………………注文

語って　飲んで
踊って　四時前
ビール　ビール
駄作は唾棄して
えっ　何だって？
誰が誰とだって？
四杯ビール
そう
とってもいい気持ち

四杯ビール　四杯ビール
それにジョッキひとつ冷やしたのを

了解
たいしたことじゃないよ
言うまでもない　ねえ

踊った　飲んだ
刺し込んだ　射し入れた
彫刻を刻みあげ
造形して作りなした
酔っぱらって踊った
君とビール　ぼくにビール
ビールビール　ぼくたちに四本
四杯のビールで君のためにビール
ぼくとビールでビールビール
何が何でもビールビール

是が非でも

19……………………………少しの興奮

すてきだよ
きみの目つき
きみの顔立ち
とってもすてきだ

笑い方
しゃべり方
申し分ない

歯は
こんなに白く
鼻は
良い格好

きみのことば
声
話し方
きみのあそこ

こんなに愛くるしくて
こんなにとろけそうで
こんなに狂おしく
こんなことしたらこんなだ

きみのセックス
きみの胸
きみのお尻
そして全部
眼
きみの輝き
きみの考え　こんなに

こんなにすごい
きみの広さ
きみの同意
そしてきみの拒絶
ぼくの憧れ
ぼくの意志
ぼくの熱望
ぼくの欲望

こっちに出てきなよ
すぐに

こんなところはもうよしにして
きみの家に
行こうよ
ここを出て

ジェフ・クーンズ

きみといっしょに
ぼくの家へ
ぼくといっしょに
きみの家へきみの家へ

第一幕

»mmm hm, hm hmmm
if I could melt your heart«
マドンナ[★4]

I

ベッドで

1……構想

そう
そう
そう
そう
そう

そうそうそうそう

そう
そう
そう
そう
そう
そう
そーおう
うひゃ
やべえ

そうだね
ほんとに
まったくそうだ

2……………………………好きだよ

ねえ　ぼくたちいま嘘をついてだましあってるのかな？
なんだって嘘なんかつくのよ？
間違った質問をすることで
もう嘘をついちゃってるんじゃないか？
いったいどんな質問？
きみがいまこの瞬間ぼくに対して
嘘をついてるのかなっていう質問
でもいったいなんだって？
ぼくたちいまようやく……？
いらっしゃいよ
ねえ　知っておかなくちゃいけないんだ！
じゃあおしえてあげる

3……………………美しさ

ふたりが寝ている
交わってる
やってる
している

いま何て言った?
ふたりは寝て　交わって
やって
笑ってる　って言ったの?
ああ　うん　そのとおりだ

ふたりは互いにしてやり
女は自分でして
男にしてやって

それでふたりは狂ったようにいっしょにいく

ふたりはかたくしがみつき合う

やさしく撫で合い
ふたりはしゃべり抱きしめ合い
しゃべってしゃべって
それからまたやる
それからなんどもなんども

ふたりが寝ている
交わってる
叫んで
そして笑う

呼び鈴が鳴る

ふたりは黙る
じっと待つ
聞き耳を立てる
ささやく

好きだよ
わたしも
そしてふたりは笑う
ふたりは交わる
ふたりは口づけする

ねえ
あなた
呼び鈴が鳴る
ふたりは黙る
今度は嵐のように鳴らされる

おいおい！
くそっ！
やりたいように
おもいっきり大きな声で交わってるんだ！
ばかたれっ！

ふたりは叫ぶ
そしてどしんばたんと物音を立て
ふたたび愛し合う
なんどもなんども
狂人同士のように

ふたりはしゃべり
かたく
しがみつき合い
語り合う

昔のこと
いましがたのこと

いろいろな話
語ったこと
期待していたこと
夢見たこと

体験したこと
考えたこと
言ったこと
普通のこと

ふたりはこんなに近づく
昔のように　その様子ときたら……
ふたりはしゃべる　ふたりは話す
ふたりは離れる

ふたりは見つめ合う
ふたりはしがみつき合う
激しく求め合い
擦り寄り
こうして組んずほぐれつ

ほぅれ　すげえだろ

ふたりはなんかものすごいことをする
まったく新しいこと
ふたりはいましている
ふたりはまたしている

ふたりが交わってる
寝ている
やってる

笑ってる

ふたりはもうすっかりいってしまった
ほとんど動けないほど
ふたりはもうほとんどすっかり擦りむけてしまった
ほとんどからだのいたるところ
どう?

ふたりがやってる
ふたりが息をしてる
ふたりがしがみつき合ってる

ふたりはそれを愛と呼ぶ
ふたりは幸せを歌う

4……………………………古い歌

擦りむけるほど口づけをして
朝になるまで
疱疹と
紅い痣が
顔のあちこちに
晴れやかな風
すてきな雲
が空に
ことごとくすみやかに

きみと
もうさっきから
ベッドに入りたかったんだ

あの子のことは全然知らなかった
かなりいけてるね
最初にかけた言葉から

きみが笑う
髪の毛ともどども
すてきだ
足下ではスニーカーが
銀色を放ち
ぼくに合図を送る

行かないかい？
どこへ？
どこでもいいけど
さっさと行こうよ
消えようよ

それからホテルの
部屋に
煙草を
忘れてきちゃった
さっき机に
ちょっと取ってくる
それでライターは？
もういちど下に行って
ライターを取ってくる
ぼくたちはしゃべる

とってもみだらに
ぼくたちは触れあう
ぼくたちはすぐに口づけをする
ぼくたちはもう身を傾け
椅子に沈み込む
やっぱいいぜ

ぼくたちは床のうえに横になる
ぼくたちはベッドに横になる

きれいだ
信じられないくらいきれい
きみの肌触りの
すべて
きみのすること
きみの姿
からだの
内側から
きれいだ

ぼくたちは叫ぶ
それですっかりごきげん
ぼくたちは笑って訊ね合う　どうしてって

みんな濡れてる
どこもかしこも
みんな滴ってる
顔が　そして恥部
毛
それをする喜び
一晩中
ああ　やばっ
めっちゃくちゃすてきだ

すっかり惚れあい
もちろんすぐに
気をつける
これについていま何も言わないように
ご注意

やがて夜明けの薄闇のなかで

別な顔になって
灯を消す
明けそめてゆき
粉々の一日が高くやってくる

シャワーを浴びてくる
きみはまだ布団のなかで
俯せ
でもいま
天国の門まで
プログラムを取りに
出かけてくるよ
それどこ？

きみを好きなことが

激しく明るく

戻ってくるよ
きみは立っている
また服を着て
ひとりの女
とひとりの男
男と女　すてきだ

別れ
下りのエレベータのなか
セックスと大笑い
途方もない世界感情　当然
抱きしめて離れて
それもまたいいだろう
最高だ
いまはそれぞれが勝手に
擦りむけるほど口づけをして

朝になるまで
疱疹と
紅いしみが
顔に
風

使者　恋人たちと
新しい考えのための　もちろん
すべてのための

ぼくたちは見上げる
流れる雲を
ぼくたちのしたいのは
ぼくたちのするのは
ぼくたちのできるのは
ぼくたちのしなくてはならないのは

なにかきっと起こるよ
そんな気持ちでいっぱいだ
わからないけど
今日あたり

5……………………………ふたりは煙草を吸う

不安の歴史
憎しみの物語
嫉妬場面の報告

きみを好きだから
きみが怖いから
ぼくはきみのものだから

あらゆることについての会話

柔和なものの言葉
ごくやさしい文章

きみがそこにいるから
きみを感じるから
ぼくたちがぼくたちだから

近くでなにかがはじまり
希望が長くつづく
ぼくたちは煙草を吸いしゃべり
支え合う
お互い同士を

だってぼくたちは
わからないけど
ともかくこれでいいんだ

Jeff Koons

話すことと語ることについて
息することと感じることについて
抱きしめる腕について
裕福な男と美しい男について

だってきみは
そしてぼくは
だってぼくたちは互いに

ことば
唇
目
額

恋しいあなたのことが好きだから
恋しい
きみのことを見るから

癒され分かたれ
やったらしあわせ
見られて起こって
愛され話され

だってきみはぼくを
そしてぼくはきみを
だってぼくたちは互いを

そして煙草を吸いしゃべる

6……………………………………ふたりはしゃべる

両親が帰ってくる。どんな顔してくるだろう？　母さんは幸福だった子どものときの声をしてる。もういちど話してみて。そのころはどんなだったの？　思い出すことができるのは静けさ、普通さと真摯さ、毎日毎日行ったり来たりのすばらしい一日で、これまでどんな家族でもお目にかかることのないほど心地よかった。およそはなばなしくはないけれど、安らかな関心をぼくは持っていられた、自分で体験して語ることのできるあらゆることに対する喜びがあった。不安とおおいなる思想、夜のしかめ面と幽霊。しっ、しぃっ。静かに、しずぅかに。自分が取り乱していたこと、そうだったこと、病気だったことをぼくは知らないでいた。母さんに助言してもらって、その仕草の伝えるものを見た、慈悲にあふれ、目には理解と憂鬱。母さんの知識、母さんの美しさをぼくは見た、そしてぼくはそうだった、母さんの顔になった。

父親の狂気、それは生産ということに向けられる。忙しなさ、はじめは比べようのない忙しなさ。社会的な事柄に対する盲目、ものに憑かれたようにしゃべり、四六時中おまえはおまえは、と威嚇し、ごく些末な細部にも狂気を投げつける、どんな文章に対しても最初の言葉以前から**ちがう、ちがう、ちがう、ちがう、ちがう**と何度でも。嘲りと怒りが絶え間なく、すべての人とすべてのものに、どんなものにもどんな人にも向けられる。休みなく、駆り立てられ、いつも慌ただしく。破壊者。ひ弱な男。野生の犬。自然な愛し方をされて、わたしから本当に途方もなく愛され、後には同じように自然に、同じように途方もなく憎まれた男。父親は、青春の欠如に苦しんだわたしの青春の厳しかった歳月の顔をしていて、いまではわたしの日々の財産。

7……………………………………ふたりはまどろむ

藍色　世界でもっとも美しい色
朝の鐘が鳴る
誰に挨拶を送るのか
誰を呼んでいるのか
報せが妹からやってくる

ぼくの見つける
鳩の羽のどれも
古い
曲がった石の
どんなひとかけも
一本の糸　布地　一片のきれはし
一本の枝
一枚の葉　一本の茎

何年も前の花の残り
注意が払われず心にかけられないすべてが
身を屈めた者たちの世界では
王と王妃であるはずだ

乱雑に探して
骨を折って見つけ出され
驚かされてあわてふためく
一生涯
荒々しくそして愛らしく
頑固に　並はずれて
見通す力なく　かたくなに

やはり多くはうまくいった
たいていのところ
贈られなかったたいていのもの
ここまで後に残された者たち

まだいっしょに行かなかった者たち
苦悩と死
痛みと罪
そして暗みについての知識をもって
その力とその穏やかさ

どの花も　妹よ　おまえのものだ
そしてぼくたちの生に向けられた
おまえからの挨拶
風が運んでくる
鳩の羽はどれも
妹からの
慰めとしてやってくる

8……………………………………目覚めて

わたしの瞳

わたしの心
わたしの花びら

わたしのスズメとウサギ
あなた　脇の下をくすぐり
芳香を放つあなた

隅々まで
舐めて拭われたあなたの肌
堅くて柔らかい
白くてしっとりとした
放出されてあるわたしのお腹

わたしのからだの奥
こんなにいやらしく
おいしそうに食べる
そしてなにもかも

わたしのものであるあなた
そしてわたしのものであるわたし
わたしのすべてはあなたのため

わたしの心と瞳
と花びら

9……………………………ふたりはいっしょに眠る

そしてぼくは見た
子どもの目の中
新しい世界が
生まれるのを
しばし

そしてそれは消え失せた

どれも苛酷で
どれも痛みを伴う
誰も知らない
どうしてか

ぼくは楽しく
たかぶった気持ちになった
卑しくずる賢く
ぼくは腹を立てて
もう泳ぐことができた

それから晩には恥
ベッドのなかでの祈り
賛美歌
罪
そして信仰の堅さ

部屋の
おおきさ
車輪にのって
向かってゆく
開かれた世界

仲の良い兄弟
ぼくらは争う　ぼくらは戦う
領土を　双方が自分のものだといって
それから後で　話す
いつも一方がはじめる

授業のある日は
楽しくなんかなかった
習うことを習得するのだから
そうかなぁ
わたしにとってはすてきだったわ

Jeff Koons

ぜんぜん知らない人たちに
知識を話してもらって
絶えずいろいろと話してもらうんだもの
そして知らない人たちを見ることすらも
ごく近くから
毎日

友情
友だち
奴ら　奴ら　奴ら
愛情と思いやりの
感情には
これまでに語ったのとは
別な理由がまだもっとある

わかってる

愛される
途方もなく　ふつうに
それも　尊敬する友だちに
情熱を呼び起こす
よりももっとたくさん
ぼくたちは手に手を取って行く
ひそやかに

もうはじまるかな
みんな揃ってる
行こう

Jeff Koons

外で

《まなざしを美しい地帯に
友だち、友だち、友だち》
ブレヒト[★5]

III

ゲルリッツ駅の廃残者たちまかり出る[★6]

1……………………………パレットの前で

あいつらここで何しようとしてるんだろう?
どこ?
あそこ
わかんないな
ここに入ろうとしてるんだ
そんなばかな
でもそうだよ

2……………………ゲルリッツ駅の廃残者たちまかり出る

失せろよ
この浮浪者
ここ通らせろよ
なんだおたんこなす
いっぱつお見舞いされたいか？
え　何だって？
ほら　やったる
うわっ

男は男を足蹴にする
男は男をこてんぱんに殴る
男は男を踏みつける
男は叫び　喘ぐ

ちょっと待った
ちょっと
いいからここから出てくんだ
エテ公がめかし込みやがって
トルコ野郎　アラブ野郎　虫けら　ビンボー人
浮浪者野郎　おたんこなす
大ブタ野郎腰抜け間抜け

ほれ
どうだ
来てみろよ
ほれほれ
どうだ
こっちへ
こっち来いよ
浮浪者風情が
来たらのしてやるぜ

ぼっこぼこに

3……………………………………………地面に

地面に殴り書きのされた買物メモが落ちている。そこには次のような言葉が書かれている。眠りながら、墓で、葬儀。ジャガイモ、卵、チーズ、ソーセージ。びくびくして、腕を取って、下男、帽子をかぶり。悪臭、野蛮に、酔っぱらって、ばかばかしい。壊され、ぶっ壊れて、家族、戸棚。蛇腹、損失、免除され、古い。汚物のなか、寒さのあまり、鼻が垂れる。試み、震えて、大慌て、心配して。マフラー、無理に、パンと、彼の足。

何が落ちてるんだろう
地面に?

買物メモが地面に落ちている。

でその脇にあるのは? 壊れた連中が寝てる。

壊れた人間、壊れたモノ、壊れた憧れ。
運命、罪、そして犬の糞。
もう前に言ったことがなかったっけ？
それであれは？　何て言うんだ？
やっぱり犬の糞？　ちがうかな？

死んだ男だ
ああ　死人か

ふむ

ちがった、ただの酔っぱらいだ。そうか。ヤク中に浮浪者、たしかに、パンク野郎と犬だ。ならいいけど。放っておこう。そうだな。

4……………………………………声明

地の壊れた者たちよ

起ち上がれ
蹶起せよ
ここに
飲むべき物あり

あいつ何言ってんの?

飲み物を
ふるまってるんだ

それじゃ
あそこ行って
ワインをもらってくるよ

今日は俺
ワインはやめとく
ヘロインにしとこう

そうだな
それもいいね

5……………………………………………………下から

宇宙には意味があるだろうか
地獄から見たときには？
難しいなあ、どう思う？
地獄もその一部だと俺は思ってたけど
まったく普通に考えて、宇宙の一部なんだから
俺たち自身がここで地獄であるんじゃないか、と。
お前が言ってるのはあらゆる悩み、苦しみが
どこへ行こうがあまねくあるってことだろ？

いいや、なんでそんな、ばかばかしい。

でも俺たちは悩むだけじゃない
ほどよい距離になるまで
すっかり心を閉じている
そう思わないか？
先を見る目が開けるのは、こんなやり方によってじゃないかな？
俺にはわかんないけど、でも
それを何て呼んでるの？　なんだっていいよ、こっちに
瓶を取ってくれよ、おっさん、まずは
そっちもひとくち飲んで。

泳ぎに行くの？
いや、寝る。

6…………………………………赤灰色

あんた誰？
ぼくだよ。

ぜんぜんそうは見えないな。
ちょっと待って。
いまの言葉ちょっと速すぎてわかんなかった。

そこへ別な女が加わり、言う、
わたしって垢抜けないわね。
へぇ、そうかな？　で、それを悔やんでるの？
女が言うには、自分は何か内容ある話をしているわけじゃない、ただべらべらとしゃべってみてるだけ
ここで話すべきことなど何もない、と。
わからないなあ、と男は述べる、どうしてまた、すると女は、
内側の視点から
見るならいかにもそうなのだ、と。
そうして褐灰色の髪の女は話題をさらう、
わかったと男は言い、女は男を導き入れる、湿地のなかへ
とっとと外へ、ひりひりとした響きの表皮
そのように表わされ。ああ、ああ、わかるよ、と男、そして女

女は退かない、と。すでにすすっと、
こうして入り乱れ、ふたりは。

言葉、女がそれを壊した、女がそれを奪った、誰もと同じように。
女は発言した、わたしは生きている、と。
わたしは歩き走るけど、そんなにしっかりしてはいない、
のどを湿らせるためわたしは飲む、男も。
こうして弱まりわたしは退く、男はもうあからさまに黙って
言葉通りに従って、衝動のあまり壊れている。

男は女の子をつかまえる、
この子はいま十一歳だ。
男はこれをすばらしいと思い、
指を一本差し出す。

男は考える、彼女を愛している、と、
彼女の心は動かされる、

いまふたりだけだ、
彼女には何かがある。

これはすてきなことだ。
わたしのこと気に入った？
そりゃね、いい子だよ、
ほら
足を広げて
もうちょっとよぉく見てみるから

えっ、えぇ、
すごいよ。

7……………………………………………幸福

ザ・リズム、ザ・メッセージ、ザ・カラー、ザ・ファンク
ザ・ミュージック、ザ・シティ、ザ・サウンド・オヴ・ワーズ

ザ・コンセプト、ジ・アート、デストラクション・オヴ・タイム
ジ・エコー、ザ・ダーク、ザ・ミーン・アンド・ザ・ダーティ
ザ・トゥルー・アンド・ザ・リアル、ザ・リアル・アンド・ザ・スロウ
ザ・ファッカーズ、ザ・サッカーズ、ザ・ディック・アンド・ザ・プッシィ
ザ・セックス・アンド・ザ・フレッシュ、ザ・キス・アンド・ジ・アス
ザ・クリーン・アンド・ザ・トゥルー、ザ・トゥルース・アンド・ザ・ライ
ジ・オープン・アンド・クローズド、ジ・エンド・アンド・アナザー
ビギン・オヴ・ビギニングズ、ザ・デス・アンド・ザ・ダーク
ザ・ヘヴィー、ザ・スロウ、ザ・ロウアー、ザ・ハイアー
ザ・ベター、ザ・ラスト、ザ・リズム、ザ・メッセージ
ザ・カラー、ザ・ファンク、ザ・ミュージック・オヴ・ワード、
ザ・ワード・オヴ・ザ・ワーズ、ザ・ミュージック・オヴ・タイム
オヴ・タイム、タイム、タイム、オヴ・タイム、タイム、タイム
タイム、タイム、タイム、
タイム

もちろん判ってるよ

きみが何を考えてるのか

男は女の手を取り
脇に連れてゆく
両手を首にあて
男は彼女の服を
女はもうすっかりその気で
やがて青くなる
男は女を
女にはできない
男は今度は大騒ぎをはじめる
こいつをどこかに入れろ
容赦なくどこかに
もう
起こってしまったからには

8……………………………………神様

男はこう主張する
ここにあるいっさいを作り出したのは俺だ
俺がこれをやったんだ
俺が発明者であって
その責任がある
俺がこの責任を負う
男はちょっとばかり
みんな
聞いてくれと頼む
おもしろそうなのは一見だけで
たいしてむちゃくちゃではない
男が今度は言う
さあ　みんな　これから言うことを
俺がここにあるすべての発明者なんだ

まじ？

そうさ
俺は
たとえば昔
夫婦を一組作り出した
もうずいぶん前だけどね
みんな知らなかったのか？
お手伝いさんも俺の手になる
それどころかベンツだって　そうメルツェーデス
議員だってみんな俺がつくった
証券取引所も貨幣も何もかも
そう　ほんとうに
みんなは笑うだろう
でもそうなんだ
そりゃやっぱりかなり

たいへんだったさ　一切合切なんだから
この何年もの間ずっと
ビールを作り出したのだって俺だ
煙草も緑色も
それにその色をした政党も
選挙だって
全部　ここの何もかもを
この頭で作り出し考え出したんだ
男はもういちど言う
みんなはこれに対してどう思うんだ
これほどの重荷を俺が担っていることを
心のなかで
俺のなかで

ふん　ふん

みんなしいんとしているな

うん　みんな俺のことを信じていないんだな
まあいい
俺には判ってる
みんな間違ってるんだ
男は大きな声で言う
おまえたちは間違ってる
たとえば法の全体は
誰によるものか　そうさ　俺のおかげだ　俺のなかで作り出された
結局のところ俺なんだ　そう　こんなすべてを誰が担えるというのか
みんな笑いものにするばかりだ
俺のことを　でもそれは誤りだ
きっとそのうちみんなわかる
俺のことを理解するだろう
いつの日にか
俺だって同じようなもんだって
ここにいるこいつと　俺だって　こいつだって　そう
他の連中も俺によって

たとえばそこにいるその男　そいつ

はあ

男は男から上着を盗む
男は男から金をくすねる
男はヤクの包みをかっぱらい
それを隠してしまう
男は男にいま笑いかけ
そのあともうずらかる
男は男から盗んだ
その別な男から　その男が
男がここでは主人なのだろう
淫売男のゴミ野郎
嘘つきの物乞い
反社会分子から派遣された男
こういうんだってここに必要だろう

男は言った　そう　すべてを
俺が揃えたんだ　賢く
神様として

ほぉほぉ
モクくれよ
火をくれよ

おお気をつけろよ
ほれほれ　ほぉれ

男は男を足蹴にする
男は男をぶちのめす
男は男を即座にぶち殺す
男は喘ぎ　死ぬ

9 夜

ここにふたりはこう座っていた、そう。
こう座って飲んでいた、
ふたりはビールを飲んで、ワインを飲んでいた。
安酒を持っていて、煙草も吸っていた、
ふたりはしゃべっていた、煙草を吸っていた
合間にマリファナを吸って、
焼酎を飲んで、少しばかり
コカインを、それからヘロインをやっていた、そこに座って
すっかりいい気持ちになっていた。
ふたりはもうほとんど黙りこくっていた。
おまわりがやって来た、ましな奴で
こんなところでとぐろ巻いてちゃだめだぞ、いいかい?
わかってるわかってる、おまわりさんよ、首突っ込んできなさるな

何にもしちゃいないし、どうってこともないし、何の問題もないんだから。
ふたりはそこを立ち去り、角を曲がって、
こぎれいな壁にもたれた。
そこに座ってしゃべった。
ふたりは、オペラ座から人々が出てくるのを見た。
ねぇ社長さん、一マルクおくれよ
ふたりは、クラブから人々が出てくるのを、劇場から人々が出てくるのを見た、そしてふたりは言った、
劇場通いなんて惨めな連中だ
おうおう飲み代を出してくれないか
新しいクスリがいますぐ必要なんだ。
ふたりはあたらしい金をもらった
ふたりの方からはこれに対して貧困を差し出した
富み豊かな者たちの
心遣いへの返礼として。
ふたりは食べ物を買った、
突然空腹をおぼえ、

焼酎と、ワインを少々
ほんの少しのヘロインとさらにコカインも。
もういちどクスリをやって
マリファナを吸い、酒を飲んで、もうご機嫌。
夜、この日はひどく寒くはなかった、
そう、夏の良い季節だった
ふたりはそこに座りしゃべった。
しゃべりにしゃべった、ほらご覧、
片方が言った。え、何を？　あれ。ああ、あそこの男か。あぁ。
いったい何なの？
きっと芸術家だ、
そうだ、ひと目で
ありゃ芸術家だって、
あの類を見るとわかる、
そう思う、きっと。
芸術家ねぇ、はぁ、
けっこうなことで、芸術家ねぇ。

でもそりゃいったい
どんな人生だっていうんだろう？

ジェフ・クーンズ

第二幕

《そこには英雄的で論争上
　創造的な場所の
アウラがあった》
リチャード・マイアー

II　　　　会社

1……………………………………ベッドで

ねえ
ん？
愛してるよ
わたしだって
どう
ええ　もちろん　来て

2……………………………………仕事場で

あ　すいません
ん？
早すぎたでしょうか？
どうしたの？
ヴォーグの方から
お電話なんですが

そいつ頭おかしいんじゃないの？
だいたいいま何時だ？
十一時ちょっと前です
もっと後で電話するように言って
まったく
了解しました
それでそれから

朝食を持ってきてくれる?
はぁい
あと新聞
なんかも
わかりました

うぐぐがっがぁあ!

まだ何か?
ないない
ほんのじょーだん
気分は順調
そうですか?
気分は最高
悪い訳ないよね
当然そうだ
そのようで

よかったですね
ほんと

3……………………………………………今日の朝

女が朝食を持ってくる
黄金色に一日がはじまる
輝かしく　新しく　軽やかに
男はベッドから飛び出す
巨大な部屋
朝の太陽が笑う
男は笑う

きみがいま言ったこと
完璧に正しかった?
男は新聞を手にしている

男は新聞紙を振って合図する
男は腰を下ろし
読み　悪態をつき始め
身振りが大きくなる
ちょこっと頭を掻き
首を掻く
男は一瞬いきり立つ
待てよ　考えがある　考え？
どこから　どれだけ　どうして？　ちょっと待った

いま
いい思いつきを
得られたような気がする

いったいどんなもんだったんだ？
思いつきだって　着想だって？
どこから出てきたんだ？

そして誰がやったんだ？
そしてなによりもまず
どうやって？
男はちょっと笑い　男は
ふたたび頭に手をやり
立ち上がり　うろうろ動き回り
そして笑い　喜んでいる
一見したところ　どうやら

えー　えー
すっごくいいね
すごく　うん　うん
うん

男は紙を手に取る
男が殴り書きをするのが見える
問い

芸術家は何を記しているのか?
男のガウンの絹が
磁器の湿った輝きが
デカンタのほのかな光が　見える
忙しなさが見える　コーヒー　オレンジジュースを
芸術家がすごい勢いで飲むのが見える
男はカップを置く　でどんなふうだったか?
だってやったところじゃないか　男はいま中空を見る
上を　男は何かを見ているようだ
男は窓辺に近寄り　笑う
そして外に向かって挨拶をする
樹に挨拶をして　叫ぶ

ぼくは
ぼくはそれを
まさに　まさに

男は急いで紙に戻る
男はつぶやく　書き留めるんだ　書き留めるんだ　といったようなことを
男はそうする　男はそうする　男はクライストのことを考える
男はもっと光を必要とする　時間を　時間を
男はいま気持ちよく感じている　そう
男は自分自身をある世界のなかに見ている
その世界とは　どう言ったら良いだろう？
男は笑う　男はぴくりとする　良い徴だ

そうそう
そうそう

人々は願っている　芸術家たちが幸福で
あることを　幸福になることを　そうだろ？
芸術家たちがすべてを　恐ろしいことをも
認識し　見て歓迎できることを
それをそれから　そこから　それを通じて

いやいや
違う違う
えーえー

男は間違っているようだ
何かが違っている
怒りがわき上がる
それで？
芸術家の肉には
どこからどこへなのかきちんと正確に？
認められない　そう
男は身震いする
男は
ふたたび
ほくそ笑んでいるようだ　微笑んでいるようだ
そのどちらかで　あるいはひょっとしてそれどころではないか？

男は何かを考えているようだ
何かを拒否しているようだ
それをどうやら楽しんでいるらしい
なんらかのかたちで

そうそう
そうそう

男はもういちどコーヒーを飲み　ジュースを飲む
男は笑う　男は喜ぶ　窓際に行く
そこに黙って立ち　外を見て頷く
芸術家は活動意欲に旺盛だ
男は自分の生を楽しみ
目の前にある新しい作品の姿を見る
自分自身がそうである新しいもの
あとは手早く男を通じて
皆に見えるようにされるばかり

されるばかり　とはどういうことか
ともかく男はそうするつもりで　こう思っている　こりゃすごいぞ
みんなにとって　ぼくにとって　いまこれがわかる
男がこの考えを考えているのがわかる

すごいすごいすごい
ほんとにすごい
きっとそうなる

4……………………………………アトリエで

摩擦の演出の報告。報告の批判。批判についての話し合い。怒りが部屋に漂う、口には出されず、人々のあいだ、ここ、空虚のなかを。何かが口に出されそうな瞬間に、何も口に出されない。人々はそっぽを向き、忙しそうにしてみせ、沈黙によって冷気を放っている。まったくうまくいっている、悪意が増大している。静寂が支配する。いったいどれくらいの間か？　ごくほんのわずかだけ、静寂とは言葉の装置にあっては言葉ならざるわずか一瞬にすぎず、中断であり、凍えることだ。こうして強ばって静寂がここにある、ほんのわずか、ごくわずか、ほとんど超わずか。次の瞬間がはじまる。芸術家が部屋に立つ。スタッフたちは何も言わない。みな黙っている。すると芸術家が言う、どうだい、どうしたんだい。そのときにわかにスタッフたちの忍耐は限度に達する、臆面なさすぎる、あんまりだ、いまや爆発する。

憤激
憤懣
この意味で……
罰するんだ
してもらおう
心から
女　どうせ　男　むかし
契約　訴訟　審判　臀
きっと見る　男はきっと　見ることになる　見ることに

芸術家は仰天し、ぽかんと口を開けたまま。彼は言う、わかった。支払い、礼儀、要求。批判。改善が要請され、修正が要求された。そう見えるのか、そんなふうに言えるのか、この通りなのか、そうではないのか。彼は批判を取り消すという、彼は。彼はよくわかったという、ともあれそうするつもりだ、と。もしかしたら充分な程度ではないのかもしれないけれど、そう、と彼はいう。彼は頼む、彼は知らないという。スタッフたちは腹立たしげに見る。芸術家は気づく、彼にそれはできない、彼の手には負えない。ここで問題となっているのは金ではない、権力でも着想でもない。問題は成熟とその失敗だ。芸術家は実に幼稚すぎて、しごく簡単なこともやってのけられない。たとえばごく普通の争いを。彼が人々を避けていること、言葉では何も言わないことによって、すべて好ましく進みうまくいっていると相手に伝達する術を彼がまったく理解していないこと、これが人々を苛立たせる。彼は人々をばかげたまでの精密さで苛立たせる。それは抽象的に見るならば、絶対に理にかなっていようが、人間的に見たならばばかばかしすぎる。芸術家はすべてを見抜く。彼は身を助ける術を知らない。すべてを解決するようなことをいま彼は計画する、これがうまくいきさえすれば、もしかしたら、もちろん芸術の形式で、そう、彼は自分自身で小児コンプレクスと名付けた計画を練る。

5……………………………………構想

芸術家はいま事務室に座っている
一日は順調に進んでいる　書類が届く
助手がコーヒーをいれてくる　秘書は
かわいらしい　よぉし　うまくいってる　文句の余地など彼にはない
電話がくる　絵画のためだ　彼は言う
私は絵画と語らいはしない
そしてスタッフの芸術家見習いを呼んで
新しい計画　新しい意図　着想を彼に説明する
たとえば　今日の朝得た着想を
芸術家見習いは頷く
彼は来る　彼は笑い　同意する
異論をいだき　少しためらい
そしてそれを伝える

もっともな異論だ
その通りだ
私の忘れていた点だ
意図ばかりが前に出てしまったようだ
もっぱら苦悩ばかりのために結局違ったように示してしまう
そのためにそれはともかくも私にはどうにか
そう思えてくる

問題は
どのように進むかだ
これで大丈夫だろうか？
どのように？
芸術家見習いは精を出す

やはりはじめて意図が重要となっている
と私は考えた　新しい計画が
何らかの着想をいっそう明確にすること

散漫な　でもわからないけど　それにもかかわらず
ああ　失礼　私の思うに
本当に　着想は

厳しい表情で芸術家見習いが見ると
芸術家は言葉に詰まる

だから
そうそう
ともあれ

会話はとぎれがち　と言わなくてはならない
抽象的なことについて　まさに抽象的なままで
これまでひどく具体的になることはない
ところでいまのところこの朝は具体的な点が問題となっている
すでに述べたように　職人たちの怒り
ごくごく差し迫っている締切

例の七枚の巨大絵画
五体の特大彫刻
新たに完成して
一昨日からそれらは運送会社
の作業員を待っている
招待客名簿も大事だ　明日のパーティのための
大きなイヴェントの後　新しいヘッツラー画廊[★7]の
オープニング
町のまん中の　このうえない場所での
新しい空間
このようにありとあらゆる多くのことが同時に進んでいる
いつものことではあるのだが　そして
この瞬間に
あの若者が現われる
いま部屋に入ってきて
丁重しごくに挨拶し　自己紹介し　席に着いて
はじめる　この長いインタヴューを

芸術家はついにすべてを与えようと　すべてを語ろうとする
すべての人に示そうとする　自分はどのようで　どう自身を見ているか
彼の実情　彼の仕事　彼はすべてのことをすべての人に
はっきりさせるつもりだ　ついに　いちどきに
そのために今日は時間をかけた
今日の感じは　と彼は言うにちがいない　彼は言う
残念ながらいささか　うーん……

そう
どう言ったらいいんだろう？
混乱してる　ちょっと混乱してるかもしれない
ええ混乱して
そう　かなり混乱してる
私は途方もなく
自分のなかにおおいなる明晰さを望んでいます
私の漠然と感じているのは　よくわからないのですが
はじめましょうか？　開始しますか？

どうぞ　よろしくお願いします　もういいですね
テープレコーダは回ってるの？

6…………………………インタヴュー

私は
それから
そのときまで
まさにそのとおり

はあ
はあ　はあ
はああ　はああ

その後で
それに対して
私たちのため

ますます

そうでしょう
そうですね

彼らのしようとしているのは
私たちにできるのは
それからしなくてはならなかったのですが
私たちは

そうおっしゃるのなら
きっとまったくそうなのでしょう

私は奪う
私は与えた
私は
昨日まで

けれど
きっとそうだったのでは？

まだ困難で
不明晰ではない
たいへん良いのだけれど
でもすぐに

伺っているとわくわくしてきますね

いっしょになしに
抵抗しかけ
でもたいてい
そう言われているのですが

もしかして昨日から？

もうそのときから
諸概念が
ほとんどそれは
ありえない

はあ　それで
ああ　それではそうで

私もまたしなくてはならないのは
告白すると
拒まれ
感謝され
本当に心から
私は

いいえ　けれど

私はしかし私たちを
私たちはしなくてはならないのでした
あなたは

明日まで

きっと

7……………………………………夢

やっぱりそうじゃないんだ。申し訳ないが。そりゃいっさい無意味だ。まったくくだらない。だってできっこないし、だから誰もやろうとしないし、いったい誰にやれっていうんだ、いったいどうしたって。だからだめ、ほんとにだめだめ、絶対だめだよ。芸術家は後頭部を叩いてみせる。脳髄が震盪を起こしてひとつの像が生まれる、視覚皮質に直接に。脳髄は反射的に前へとずれ、前方にぶつかる、前頭部内部で脳髄の前部が真正面から。意志に基づく行為はこの小さなトラウマに発し、頭部全体を通り抜け、脳髄の全体を寸時刺激する。ただ、正確にはそれは何だったのか？　それはどんな像だったのか？　この意志はいったい何を望んでいたのか？　それ以前の像、それ以後の像は？　芸術家は自らのうちに探し求め、何も見いだせない、彼は以前の考えを再度感じる、ぼくのしていることはすべて無意味だ、ここで起きていることは誤りだ、くだらない、ぶっ壊せ、おしまいだ。そのように進みはしない、そうは断じてならない、疑いが絶望になり、絶望が怒りになる、怒りからは倦怠、消耗が、憎悪が生まれる。そうだった。愚鈍な頭が両手のうえに沈む。咆えることだってできるんだ、と芸術家は考える、彼は苛立ってため息をつき、黙る。すると突然にゆるんでくる、沈黙のなかから芸術家のうちにはすばらしいものがわき上がる。眠りが。

彼のなかではいま
神々しき人々が現われる
まさにこの瞬間に
そしてその人々は見る
そこに見えるものを
人々は見る　彼らが愛し
耐えている者を
まったく普通に

そして軽く頷き
言う
もう少し
もう少しだけ
そうそう

8……………………………………広々とした庭

そのとき連れ合いの女性が部屋に入ってきて、恋人が自分自身と自分の作品と世界とを相手に格闘しながら横たわっているのを見る。男に近寄ってゆきその後ろに立ち、男を見下ろす。女は男の姿に喜びを感ずる、この人はわたしのもの、わたしだってこの人のもの。女は腕を広げ、自分の腹を背後から男にすり寄せ、頭を男の頭のうえにおろし、彼女のセックスについて男が夢を見られるようにする。彼女もそれをよく知っているわけではなく、ただもっぱら自分のうちで感じているように男にしてやっているだけなのだ。とりとめないすがたをした、古い、どこか別なところから受け継がれているような、いつかの遠い時代からの、すっかり固定してそこにあるというよりむしろ少しばかり揺れ動いている空間形式の拡がり、厳格に精密でひとつひとつ完結しているというよりは消滅した印象を与える空間形式の拡がりからのような。そのとき男ははっとする。目を醒したのだ。男が振り返ると、女はほほえみ、男は笑う。互いの姿を認めあって喜ぶ顔。彼という人間は、彼女にとって自分のもの、彼女という女は、男の日々の苦労をとにかくなんらかのかたちではじめて意味あるもの、経験可能なものに、理解可能なものにしてくれる人、それも愛によって。女にとって、男にとって、互いがそうであることをふたりはかたとき祝い、ふたりは互いに身を捧げ、口づけを交わし、やることをやって愛し合う、それは行為へ、受胎、妊娠、出産へと到る。このようにして芸術家にとって息子がひとり、彼によって母となる女にとって子どもがひとり生まれる。こうしてここに、地上でおそらくすでにかなり頻繁に生じてきたことが起こる。いまふたりはいっしょで、ともに支え合い、ともに両親で、子どもの顔が叫んでいる姿を眺める。新しい生が呼ぶのを。何を求めているのか？

9……………………食卓で

食卓で話題になるのは
そこにいない人々や同業仲間のこと
先行者や友人たち

競争相手や共同経営者のこと
本から得た知識　見たこと　考え出したこと
息子がそこにいる
彼は笑う
息子には聞きたいことがいっぱいある
芸術家にとって目新しい質問ばかり
我が子の質問にあって彼は喜ぶ
彼は子どもを財産だと思う
そのとき彼はちょっとした間違いをおかす
ちなみに普段から彼はきわめてたくさんの間違いをおかしているのだが
彼はいまどんと机を叩いてしまう
息子はぎくりとする
子どもたちによって神経を苛立たせられることを
芸術家は好まない　彼としては子どもたるものは静かで
賢く　洗練され　注意深く　繊細であって欲しい
彼は自分の息子を　五歳にして彼と同じように
一人前に成長した　完結　完成したものとして見ている

つまり彼が現在そうであるような人間
息子はとっくに泣かないようになっている
彼はきわめてはっきりとものを見て　新しい名前を尋ねる
それからすべてが詳細に議論される
まったく劇的ではなく　心地よく　ほんとうに

10……………………矛盾

ちょっと待った。男は座る。男は歩く。事態は進む。男は立っている。
女が来る、期待する、見る。女は見る。
事態は進む、女は書く、彼らは、と男は言う。
肖像画。割れ目。女は笑う。花。
男は言う。女が来る。どうして？　わたしだってあの人たちに。
女は座り笑う。男は立っている、女は去る。

11……………………………………集中

素材から生ずる矛盾。ステンレス鋼から出でくる疑い。木製の愛。磁器のかたちをした不安。写真としての思考。絵画としての理想。偶発性が彫刻され。氷でできた善意。石膏製の貨幣。隠喩としての信頼。花々、ほんの小さな尻。基本概念としての意味。社会学。絨毯としての計画。モザイクとしての意図。大理石でできた革命。美の抽象。黒白の影。ある色の反射。対照の偶発性。窮地にある形態。折れ曲がった壁。領域としての白。古色の願望。画素による雰囲気。印刷されている通りに演じられ。

12……………………そして早くそしてもっと早くそして

ひとつの点　一本の線　きみが語るのをぼくは見る
ひろい空間　このような　空気に満ちた
突然　この女　きみの　ああ
ああ　わかった　うんうんいいよ
女は笑う

他の人々　まるまるとした人々、きみの青い
悲しみの目に穏やかな衝撃
もう多くの人が来ている
あちこちで人の動き
ぼくたち自身でいま見廻る　雑然と
ぼくたちは息を吸い込み語る
ぼくたちは何か食べて顔を背ける
ぼくたちはあれこれの話題にのって誰かにちょっと話しかけてみる
ぼくたちは理解されない　なに　どうした
ぼくたちは繰り返し試みる
ぼくたちはいま叫んでいる
そこに誰かがやって来る
みんなはやさしく見て笑う
ぼくたちは人々に話しかける
すると彼らは笑うだけで頷いている
ぼくたちはまたまた叫び出す
光が消える

これでもうだめだ

ぼくは不安だ
ぼくは抵抗する
ぼくにはもうできる
ぼくは打ち立てる
ぼくは明日を楽しみに待つ
あとひとつだけ　ぼくは自分から加わりはしない
けれども眺めるのは好きだ

ぼくたちはいっしょに歩む
ぼくたちは合唱する
ぼくたちはかなりいろいろと語る
ぼくたちは互いを気にすることなく
ぼくたちはよく争いもする
きみたちはそうでないかい?

贈呈され与えられ
拡張され　朦朧とし
脱線し祝福され
期待され棒に振り
ぼくたちはいっしょに考えた
やっぱりとってもすごかった
ぼくたちはあの人たちのところからやって来て
いっしょに歩いてゆく
仲良く
そして外で
いっしょに繰り広げ
終結を前にしてもちこたえ
彼らは言う　自分たちは
そんなふうにとっても望んでいる　もちろん
ぼくたちだってそうだ

13……仕事

調子はいい
芸術家は
部屋から部屋へと歩き回り
助手たちと話す
彼らのことを褒め　できたものをすばらしいと言い
ところどころ修正を求める

ヴィジョン　着想　構想　紙
形　暴力　征服
抵抗　向かいの壁
突破　行為　識別　実行
戻って、そうじゃない、そうじゃない。ただこのように

そう　そう

そこで止めて　それだけ
あっ　あっ　いまのそれ
もういちど　そう　そのとおり

この新しい箇所を
もう少し明るくできないだろうか　と考えたんだ　そこも
もっと大きく　色調を明るく　できれば楽しげに

そうか　なるほど
よくわかった　ごく当然に
説明されるのを　語り　見る
他の人々が見て
思っていることを仕草で示すように

目的ないし意図は
完璧さと熟練であろう
いままでつねにそうだったように

制作という行為を磨き落とし
そうしながらも生成の痕跡を残すこと

手作業の名人芸を
究極点にもたらすんだ
と青い前掛けをした職人が言う
彼のもとに雇われた実習生に向かって
もはやそのわずかも残っていないところで

そして絵具を溶く者がいる
淡紅色と
鮮黄色だ
花の開いた枝を描くために
そしてある男は絶え間なく　少しばかりたくさんしゃべる
別な男は作業中に口をつぐむことを
好みそして描きながら
ぼんやりと夢見る　とても集中して

ひとりは石膏から動物をつくる
それは頭に帽子もかぶっている
鋼鉄製の象の場合にもふつうはそうであるように
彼は計測し　裁断し
鋸で切り　継ぎ目を塗りつぶし　研磨し　そして
分けて退く
彼は効果を点検する
効果は
当初の計画通りだろうか？
別な効果を及ぼしているか？
どうだろうか？　正確に言って？　本当に
より効果的で　軽快で　球状に見えるのか？
先ほどまで計画されていたのは何だったたか　待てよ
ちょっと待て　ちょっとだけ　彼は
チーフを呼ぶ　ねえチーフ
ちょっとこっちに来てくれませんか　この効果について
いますぐ議論しなくてはなりません

緊急なんです　ええ　どうか急いでください

チーフはやって来る
彼は他の画家のところに立っている
その画家も絵に彩色しているところだ
別の絵画で
これも絵具で描かれている
もちろんそうだ　それ以外の素材といえば
カンバス地　油
混合されていわゆるカンバス地の壁に
塗られる顔料　あらかじめ定められた
計画に則って　芸術家によって定められ
そのとき彼を捉えている着想にしたがって
その瞬間彼を捉えている
かつての歳月の世界
観て　驚嘆して　触れる時間
不安と悲哀の時間

鎮静と慰め
言葉が魔術的な作用をもちうる時間
誰かがごく落ち着いて落ち着きと言うとき
落ち着きがその人に生ずるような時間
ごく落ち着いて　ごく落ち着いて　ひたすら落ち着いて　落ち着いて　そう

うん　これらの絵画が扱っているのはそれについてだ
これは本当にいい感じだ
そう言える
いい感じだと
これらの絵画は同時に号数について
絵画の大きさについて　反対物と潜勢力への遡及についても扱っている
古くからなじみあるもの
への洞察の意味で　妨げなく
いわば片付けられ　取り除かれ
消し去られ　自我を剝奪され　なにものかにされて
しかしそのときに愚かしくも隠されるようなことはなく

ノー・トリックス　秘密など　ない
重要なのは視界だ
ある一般的な観点からの
誰もが知っていて
自らのうちになんらかのかたちで持っているような
重要なのは人類の夢　それは個々にあらわれ
ひとりひとりに対して　個別の像をとって　そう　今日

それからひとは言うかもしれない　批判的に　よろしい
ともあれそう大口をたたきなさるな
よしよし　うんうん　それ以上を言いはしないよ
そうすればもうまた得られているから
へぇっ？　本当に？
この新たな沈黙の意図によってですか？
難儀をよりよく把握する沈黙の意図
このことをこれらの絵画は観察者において考える
誰もが為すべきことを持っている　これらの絵画とは

直接関係ないような
つまり自分の人生をなんとかうまくやってゆくという
芸術とは何のゆかりもないこと
視点を示すこと
それは　これらの絵画のもつ多くの地平の理念のひとつになるだろう
非芸術　日常　目立たないこと　ごく軽く
むろんすべては到達できない　当然ながら　まったく明らかに　同じように
方向性は正しい　それは判る
方向性が正しいということは　たしかに

チーフはいま同僚のところへ来る　彼は見る
うまい具合だ　良い感じだ　うまくいってるぞ
はじめに話し合った通りだ　いま
次の手順が議論されている　よしよし
チーフの機嫌は上々
一日は快調に過ぎてゆく
あれこれがやって来て　おおきくなり　進んでゆく

彼は頷く　彼はいま読んでいる
自分の関心に見合ったものを彼は読んでいる
そこには石工のことが書かれている
庭石を
妙な形をした本物の自然の地層から作るのだ
海流と川水によって
とそこには書かれている　芸術家は頷く　彼は息を吸い吐く
彼はうめき声をあげる　こりゃちょっとばかり技巧にすぎる
と彼は頭のなかで考え　言う　外出しなくちゃならない　いますぐ
緊急に出かけなくては　いますぐ出かけなくては　出かけなくては

14……………………………新鮮な空気

彼は窓を開ける
空気が流れ込んでくる
鳥たちが荒れ狂ったように啼く
木々はざわめきはじめる

きっともう
春が間もなくやってくる
そして何もかもがあらたに姿を現わす

ぼくは
ぼくは彼を
ぼくはそれをした
ぼくは彼を水の中で洗った
ぼくは彼に水をかけた
彼のことをこの時もじっと見た
ぼくは彼にそれを
ぼくはまだしなくてはと思った
ぼくはまだするつもりだぼくはまだやっていない

彼は窓を開ける
夏
草

彼はそれを感じる
熱
彼は喘ぐ
彼は走る

荒涼たるなかで見なくてはならない
弱いおつむを垂れ　病んでいる
行って探さなくては
そしてうずくまり待ち伏せしなくては
厳粛さを圧迫し
その前で入ってゆきそれを急ぐ
そしてふたたびそこを覗き
そして顔を赤くして速やかに咽せる

彼は窓を開ける
彼は果実の香りを嗅ぐ
色とりどりに

午後の光の中
一日がかたむき
彼は頷く

彼はひとりの童子を見る
ひとりの子ども
かわいらしい男の子
彼は美しさを感じる
自分のなかにそこから
彼は焦がれる
幾多のものに
彼は自分を
病んでいると感じない
彼はそこに座って
そのようにして見てそして思う
大丈夫
何でもないと

彼は待ちそれからふるえる
少しばかり　悪くない
うまくいってる　良い具合だ
彼にはできもしないし　しようとも思わない
彼には嘆くことはできない

彼は窓を開ける
荒々しく綿くずが渦を巻く
もうこんなに早いんだ
父代わり？
ぼくは考えたぼくにはまだ許される
ぼくはまだしなくては　するべきだ
でも　ああ
ああ何を
彼は深く息を吸い込み
すぐに吐き出す
それは終わりだ

うまいこと終わりだ
終わりだ　終わり

15……………………………木彫の彫刻

男が座って飲んでいる。男は外から来た。男はしゃべっている。男は黙っている。みじめだ。気分が悪い。腹が減ったな。吐き気がする。俺は悪臭を放ち煙草を吸っている、唾を吐き鼻をかむ。俺は叫ぶ、俺はわめく、それで気分が良い。俺はお前たちみんなを憎んでいる。俺は自分をすごいと思っている。俺は悪臭を放ち飲んでいる、お前に唾を吐きかける。俺はもう犯罪者だ、婆さんだ、学生だ。俺は町に雇われている。俺は軍隊に入る。俺は家からやって来る。俺はさらに進む。ここに立ち寄る。席を探す。もう少し眠る。それからすぐに起きあがる。あとひとくち飲む。すぐに追っていく。俺は警官だった。いまじゃ教会勤め。俺は後から向こうへ行く。どのみちうんざりだ。俺は神に祈る。助かる者は助かる。眠るとき俺はいびきをかく。でもどうでもいい。俺は野外で眠る。俺は飛ぶ。俺は考える。俺はしゃべりながら語る。そしてありあわせのものならなんでも飲む。俺は時々吐かずにいられない。俺は口を漱ぐ。俺は髭を整える。そして歌い、屈む。俺は跪く。俺は叫ぶ。俺は生きる。俺は墓へ行く。

俺はベンチに座っている。俺は音楽を聴く。俺はヴァイオリンを弾く。俺はピアノを弾く。俺はレコードをかける。俺は十字を切る。俺は鐘が鳴るのを聞く。俺は鐘を憎む。俺はもう怖いのだ。俺はいま入っていく。ほんのわずかで出てくる。俺はすばやくここをのぼる。俺はそこで向こうを眺める。俺は言葉を読み取る。意味を理解する。すっかりその考えになる。俺はお前たちのために喜ぶ。俺はそんなに眠くない。俺はあくびとげっぷをする。俺は膝をひっかく。尻がかゆい。指が化膿している。唇ががさがさだ。俺は奴をちょっと見る。奴から目を逸らす。俺はなにかやさしいことを言う。俺は耳に心地よいことを言う。俺は愛を言う。昔の発言を言え。もうだいぶ前になるな、幼年時代は。俺は母親に。飲屋の亭主が通り過ぎる。俺は店を閉める。俺はビールをもう一本取り出す。俺は飲んで煙草を吸う。俺はちょっと手洗いに行く。俺は悪臭を放ち合図する。手足が俺にぶら下がっている。俺は滴る。ノックの音がする。扉が開く。俺は窓の外を見る。俺は川辺に座っている。俺は水のなかを漂う。俺は息ができない。俺はひとくち飲み込む。誰もが溺れるのではないか。俺は首をくくる。俺は草のなかに横たわる。俺は薬を飲む。俺は屋根から飛び降りる。俺は自分を焚きつける。俺は自分を誇張してみせる。俺は機嫌が悪い。俺はお前を怒鳴りつける。俺はわめき立て怒る。俺はしばしばささやく。俺はあそこの人を知っている。俺は聞いてみた。いまは忘れてしまった。そのとき思い浮かぶ。俺はさっきはそうしたかったのだ。俺は思う、ぶどうの房は。ワインとビールが。ボートとハムが。あずまやと俺たちが。俺は思う、俺たちは。俺たちは気品を持っていたい。俺は飲み沈む。俺は後ろへと沈む。俺は歌うように沈む。俺は少しわめく。俺は背にもたれる。俺は腹にもたれる。俺は酔っぱらってない。俺はうっとりしてるだけだ。俺は物音を立て、聞き耳を立て、物を交換してたつきを立てる。俺には耳が二つ、目が二つ、口が一つある。俺は足で歩く。両手がここにある。俺は瓶を持っている。俺はもう何かできる。俺はもう毛がある。俺はそこに手を伸ばす。俺は上を見る。雨が降る。滴り落ちる。俺は思う、これだったと。ここにあったのはこれだ。俺はそれを片づける。俺たちは行こうと俺は思う。これがそうだったと俺は考える。俺は言う、首尾良くな、と。俺は呼びかける、それじゃ、と。俺は笑いをためる、水たまり。俺は汚泥のなかに横たわる。俺は眠り息をする。俺は何も気づかない。風が轟音をたてる。雷が鳴る。稲光がする。男はそこに横たわり眠る。男は屋外で横たわる。男はすっかり良さそうに見える。

16……………彫刻

いいぞ
いいぞ

いいぞ
いいぞ

待った
停まってる
いま停まったとこだ

わかった
ちょっと
待ってみる
どうだい？

もうちょっと待って
ちょっと
まだ停まってる

でどう？

どんな？
どんなふう？

停まってるんだ
まだ停まったまま

お
いくぞ

いくか？

いいぞ
いいぞ
いいぞ
いいぞ

それでどう？

どうもどうも
うまく
いってる

こりゃ
いい感じに聞こえる

そうだね
よしよし
いいぞ
いいぞ

これでいけると
思いますか？

そう思ってたけど

たぶんいけるよ
ぼくもやっぱり
いけると思うな

こういくと
ぼくたちはできる
ぼくたちはやる
これでとってもうまくいく

上出来だ
嘘みたいだ
おみごと
すっかり夢中になっちゃったよ

ぼくはまず
ええ　うん　すばらしい
ああ　ありがとう　順調と思います

充分で　大丈夫

いいぞ
いいぞ
いいぞ
いいぞ

いいぞ
よし
よし　うん
よし

もうてんで興奮してる
そうなら　そうしておこう
終わった　うん
うまいぞ

それではこれがこの彫刻ということで
こんなふうに展示されて
彼のことを表わしている
いま一瞬のうちに
彼がいままさにどのように見えるのかを　この瞬間
そこには何かがぶら下がっている　手に
一枚の紙　どうやら
なじみの記号が書かれている　言葉から意味を
意味から現象を生む記号が
輝かしい　これらのことを
別なように言うことはまったくできない
五感に対してきわめて説得的に　テクストが
別の言葉で　一編のテクストがそこにぶら下がっている
本当に　うん　それもスケッチだ
そこにやっぱりスケッチがぶら下がっている
片手に
そして風に吹かれて合図をしている

17 ……スケッチ

芸術
週末芸術
飲み屋
とアトリエ
画廊と廃残者たち
ゲルリッツ駅の廃残者たち
まかり出る
七幕の
劇
端正に小分けにされて

きみは言った
愛が重要だ
きみは言った

芸術が重要だ
スピーチが
絵画が　メロディーが重要だ
争いと
和合が重要だ
ふつうに
何か言おうと
している　行なっている
人間が重要だ
創造と身振りが
事物と事態と
理念が重要だ
日常
真理と凡庸さが重要だ
行為はさして重要でない
ここで多くが決定されることはない
おおいに叫ばれはしない

苦悩と
憂鬱が重要だ
歌の場合と同じように
リズムが重要だ
遠くから
耳を傾けることが
まったく一般的に言って一般的な言葉が
いわばこれらの日々の文章が重要だ
誤りが重要だ
完璧さ
あまりになめらかで
あまりに粗くなく
あまりに荒々しさが少なくそして
あまりに多すぎることがあまりに少なすぎる

一瞬が重要だ
人間の生のなか**でも**

短く存在する
少なくともときどき
それはある
いくら間が抜けて聞こえようと
調和が重要だ
全然違うよ
だめだめ　やめろ　嘘だ　誤りだ
その反対で
調和の否定が重要なんだ

休憩後

IV

《どこであれぼくたちを招待してくれる誰かに》
アンディ・ウォーホル
とパット・ハケット

開幕

1……………………………………外で

どんなふうだい？
最高
なかに入ってみようか？
もちろん

2……………………………………前口上

幕が下りる
幕が下りた
幕が上がる
そして休憩になる
やがて休憩が終わり
光が消える
ささやき声が途絶える
音楽が次第に低くなり
しばしの静寂

幕がいまふたたび上がって
光のなかを明るく
ああ
おおっ

あれ
新しい第一場
そう　開幕だ

そして始まる

3……………………………………………あらかじめ

むかしむかし
はるか前の日々のこと
かつての
この時代
何年も以前
だいぶ経ってしまったが
芸術家の幸福というものがありました
どんなに幸福だったかといいますと
王様がこんなことを言うほどでした

この芸術家を
私のところへ連れてきなさい
会ってみたい
雇い入れて
訊ねてみたい
何を考え
何をして
世界を
こうした事柄を
人々を
どのように見ているのかと
さあ
少しばかり急いでくれるよう
お願いする
私もあとどれだけ
生きられるものか
知れないのだから

話してみたい
この芸術家と
会ってみたい

そして王様が命令した通りに
当然ことは運びました
芸術家は
招かれたのです
王様の前に立ち
挨拶をし　身をかがめ
そして言いました
王様
ご所望通り
参りました
たいへんな栄誉であります
私は王様の臣下であります
いかがいたしましょう

人は王様のことを
これまでに地上であれこれを考慮して
多くを見てきた
人間であると思うことでしょう
少しばかり劣悪だった
彼の治世によって
苦悩が
増大され　引き起こされ
そして減少させられたばかりではありません
またとりわけこの重荷が
彼を煩わせただけでなく
それを彼は自分でせ……

4……………………………………………………開幕

あ、ちょっと待って。少し。違うんだ。あっちにまだ何かあるけど、何だった？　ああ、そうか、うんうんたしかに、開幕だ。そりゃそうだ。わかったわかった。まずは入口で、それからなかに入って、それでまた入口のところで。人々が入ってまた出てくる。いったい誰が来るんだろう？　残ってるのは誰？　おや、きみがいたんだ。ここで会えてよかった。きみも来てるなんて。何を飲む？　ありがとう、もうちょっと待ってから入るよ。そうか、じゃお楽しみを。うん、そうだね、どうもありがとう。

ああ　こんちわぁ
おや
きみも？

もちろん来たよ

おや
まあ
なんてすごいんだ

それで

嬉しいね

うんうん　ほんと
いいね　できみは？

こんにちわ
こんちわぁ

すごいねぇ
うんほぉんと

じゃあこれから
あそこにいる女の人と男の人
これからますます
ここじゃなく

どうしてちがうの

まったくそうだよ

そうそう

そうそうそう

会話。批評家の語るところによると、人種主義を禁止するよう彼は要求してきたそうだ。え、なに、きん……？　禁止する？　でも人種主義はとっくに禁止されてるよ。そのとおりだけど、違うんだ。別な人種主義だ。禁止っていう言葉、すてきだろ。響きがいい、可能性や変革を思わせる響き、介入していって、筋からはずれたくだらないおしゃべり、議論の戦いを最終的に終わらせることを思わせる響きだ、禁止という言葉は、止めっ、もうたくさん、といった響きをもつ。それは左から言うなら、革命的な響きだ。そのとき問題はひとえに、それが実地において何かをもたらすのかどうか、それとも、禁止するよう要求している人々にとって気休めとなるだけなのか、という点だ。処罰をちらつかせて人の気持ちを威嚇すること、さまざまな行為の特徴を見極めていったうえであろうとも、反憎悪法という形式で憎悪法をつくること、これは憎悪を促進することになり、世界の改善につながりはしないだろう、人の気持ちはじかに統制できるものではない。悪は排除できないのだから、議論では悪を受け入れ、よく話し合い、あれこれとしゃべり、そのようにしてゆっくりと、超ゆぅっくりと進んでゆき、変化させ、芯を抜き取り、そのようにして動きを引き留め、萎えさせることをしなくてはならない。極端に言うならば、悪の行為ではない悪の文章はいずれも、悪をまとめあげ、そうすることで弱体化させているのだから、善の行為なのだ。そのように見ているんだ、と彼は言う、そんなふうに事は運ぶのであって、逆ではない、どうしたって違ったふうにではなくそういうようにことは運ぶんだ。等々。

なんですって？　ああなるほど、そうか、あそこでおしゃべりしてるのは
批評家ね、あの向こうの隅っこで
話をしてるのは。最近新聞に載った
この文章について議論をしてる。
筆者が批判を受けて立っている。
ラディカルに書かれたものが会話のなかでは
不確実な逸話となってしまう、いわば弱められてしまう。
こうして成立する新しい真実は、
話のやり取りが混乱した場所にあっては、事後的に引き受けられたもの
であり付加的な重みであり、ふたたびひとかけらだけ多くの

可能性であり、言葉によって実現される。
たくさん書かれて、たくさん語られれば、そのぶん……

彼がそれに対して強調していたのは
交渉の道筋を通って解決に
到るためには
あらかじめあらゆることが試みられなくてはならないという点だった

選挙の前夜
町はずれで自動車に仕掛けられた爆弾が
爆発して
四人が負傷した

当たり番号は四
ぼくは確信している
鶴の一声が発せられたんだと

ぼくにはほとんどどうでもいいことだ
ここでのように

and I would say things like
this is Jane
and her father likes black men
and her mother had a facelift
and she's just the girl for you
because she'll boss around
and you like that

wrong

okay, can I
try another one

sure

this is Tom
he's a chubby chaser

better

and if I can't remember two people's names
so I can't introduce them
I just have a big sigh and say
oh, I'm so tired of introducing people
I've been doing it all night
why don't you introduce yourself[★8]

私たちはもう前に
お互い紹介済みでしたよね
ええとあなたは

ああ私ですか　私たちは
ああっと
まったくもってすごい

すばらしい
ほんとに　ねえ
なんという
ますますもって

そう　ほんとに
まったくそのとおり

さらなる会話。芸術家の立場
についての会話。
画家の仕事部屋についての書籍について、
バニーを写真撮影することの不可能性、
自分をモデルとした胸像の台座にある結晶、

それに聞き届けられた祈りと聞き届けられなかった祈りについて。
ある人生の映画と、語りの構成について、
画商の息子と彼のジャケットについて、
新しい美術館、古い絵画、
パーティ、レセプション、礼儀作法についての会話、
そしてここやここでないところで論議の網をめぐらせるときに
軽快さがあることとないことについて、
あそこや別などこかで
あの人たちやこの人たちのところで、私たちのところで、そして
社会の理性についての書籍についての会話において。
美術館員と
画商との間の会話、
客たちと若い野蛮人たち、
学芸員とファンと本物の蒐集家の間、
金持ちと一文無しの間、
超カワイイのとそれほどでもないのとの間、
要人と根っからの追っかけ、

それにもっぱら同等の者同士の間でも、
老人と老人、中年と中年、
それもある。このすべてがここにある、この部屋に
この瞬間、みんなやって来ているのだから。
そう、言葉がやって来ている、
視線と嫉妬が、
賞賛、おぞましい感情すらも、
まったく普通に、吐き気の、逃亡の、
あこがれの瞬間、しばしそれだけで
それからふたたび去る
相手は笑い、
相手の相手にまたまた笑いを起こさせる、
それを次の者が受け取り
そしてさらに伝えてゆく
等々とつづく。

もしかして

火をお持ちでないですか？
白ワインはありますか？
水は？
あるいはオレンジジュースは？

よろしいですか？
ありがとう

もちろんどうぞ
さあ

いいえ　もうあります
あなたはいかがですか？

もしも外で私たちが
尻軽女を

残念ながら私は
ここで別な方々を

接客係の女性が歩き回ってカナッペを勧めている
人々は盆の上を見る
人々はその若い女性の顔を見る
気分は盛り上がり、みな飲みながら話をしている、
そしていったいいま芸術家はどこにいるのかという
問題が話し合われる。
抽象的に言って、芸術家はいまどこにいるんだ?
きっとどこかだよ、そうだろ。
ああ、そのまん中に、それとも端か、
やっぱり中央か、どうでもいいけど。
肝心なのは、彼の立場はまったく自由であることだ。
芸術が芸術家のいる場所を規定したような
ためしはまだない。
彼は映画のなかにいるのかもしれないし、ポップ芸術のなかかもしれない、

彼は社会学的に位置づけられることもあれば、文学的に
あるいは新たなものの伝統のなかに位置づけられもする、彼は
芸術の文脈から離れてあらゆる方向へ進んでいったのかも知れない、
それでもまったく独自の基準にしたがって
彼はそこに戻ってくる。
そしてこの自由とともに
最後の責務をあとひとつだけ担っている、
全体に対する個人の位置だ、
これがこの新しい位置のすごい点だ。
そこからいま絵画に向けて視線が注がれ、
絵画から今度は我々に返されてくる。

5……………………………………絵画

紅い毛布を持った男が
おおきな絵画の前に
堂々と登場

光　輝き　うるわしい響き

たっぷりとした毛皮帽をかぶった男
女を連れた男　犬を連れた女
子犬とネズミを連れた犬
子ネズミ連れた親ネズミは御用済み

一物をもった女　穴のある男
性的表現に富んだガラスの彫刻

それから大理石製の像　巨大な
ああ　こうきたか　こりゃほんとに突拍子もない
粗野で　すごくいけてる

花と小鳥
蜜蜂と小動物
なんとも　いい感じだ

いいねえ　うん　木を彫って
それから色とりどりに塗ってある

バラ色のトルテ
実物大のおおきさの小さな赤ん坊
そしてもっと趣味が良くてかわいらしい
子どもの世界のなかの熊を連れた警官

いいねえ　いいねえ
彼はちょっと口をつぐむ
ほんとうにいい感じだ

いったいどうしたの？
何があるの？

あそこで彼が
スピーチだ

どうかお静かに
少しのあいだだけ

どうかよろしく

6……………………………スピーチ

我らが画廊の友人であるご来場の皆様、本日ご覧いただいている芸術のもつ政治問題ということについてお話し申し上げます。不安や悲惨さが完璧を求める偏執というかたちをとって現われるような芸術、その汚物や猥褻物の形象は、恐怖心のあまり光り輝くことなくほとんど震えているように見える純粋にして無菌状態である、そのような芸術、自らの固有性のなか、創造者のきわめて私的な宇宙のなかにこの芸術は閉じこもっていながらも、芸術そのものが自閉的な強迫観念にとらわれ出口を失っているからにはなおさらのこと、この芸術の閉鎖性はよりいっそう声高に絶えずコミュニケーションを叫び、叫んでいると信じ、叫ぶことをならないを信じ、あ、いや失礼、言い間違えました、叫ばなくてはならないと信じているのです。この芸術は愛されたいと切に願うあまりに、憎悪や嫌悪、抵抗、拒否、抗議を挑発し、惹き起こし、作り出すのですが、それは、そんな芸術におけるごくごく当然で、簡潔で、説得的で、だからこそきわめて魅力的であらんとしているいっさいが、不条理で、グロテスクで、笑止千万な戯言以外のなにものでもないようなものとなってしまうほどなのです。そのような芸術のもつ政治問題は、このようにおびただしい矛盾を抱えた挑発という点にあるのです。芸術そのものが、もっぱら静穏と優美を、観察と静観ばかりを、鎮静、慰安、慰藉を切に求めるばかりであるからにはなおさらのことです。この芸術の政治問題、みなさま、それは不安なのです。ここで声を発しているのは、子どもの恐怖心なのです。このような不安に押し込められていると、なにもかもがおびただしく、きわめておびただしく、威嚇的に、恐ろしく、そして異様に歪められています。目を大きく見開き、恐怖に追い立てられながら、この不安は、劣悪ではないもの、毀たれていないもの、破壊されていないものの契機を求めるのです。さて。少しだけ深呼吸をしてみましょう。いま述べたことが、ここにある絵画のいずれもが持っている運動なのです。ここでなされているさまざまな処理の根底にある戦闘的な活力、これに照らしてみるならば、病という観念に固執している他の芸術家たち、例としては、愛くるしさを決して欠いているわけではない魅力を備えたマイク・ケリーの思春期芸術や、よりおおきく激しい興奮を絶えず哀願しているクローネンバーグの円熟した大人のホラー映画だけを挙げておきますが、それらはまさしく朴訥で呆け、力のないものにしか感じられないのです。それに対してこの会場にある彫刻のどれもが、ここの絵画のどれもが、単純に否定に対する肯定を表わしてはいませんし、それだけでなく逆に肯定に対する肯定も表わしていません。それがいかに正しいものであろうと、より良い生なる理念であるとか、それがいかにすばらしいものであろうと、そのような政治的理念を達成するための、賞賛や社会的承認がありあまるほどに与えられた闘争に、自らの呈する抗議や是認の状態をこの芸術は従属させておらず、むしろ本当に生きられた生の現実性を模写しているということ、この点においてもこの芸術は政治的なのです。生きられた生の現実性といったとき、そこにはつねに肯定と、そして不正の、抗議の、要求の叫びという二重性があります。その叫びにあっては、すべてが違ったようになること、即座に、そして既定で動かしがたい状態が終わり、より良くなることが、最後には目下の状態よりも実際良くならなくてはならない、そう求められていますす。そして目下のところ、やはり結局は肯定がまだ含まれないわけでも、あるいは少なくとも肯定をすっかり消え失せさせてしまうわけでもなく、息をつぐたびに事実その活動を通じて肯定はかたちづくられていますし、生そのもの、のどの渇き、コップに手を伸ばして飲もうとすることが肯定をなしているのです。みなさま、この意味で、ご来場されているすべての方々にご挨拶申し上げ、今宵がすばらしい晩となりますようお祈り申し上げます。そして最後に、みなさまのご覧になっている芸術に、この芸術によって体験されている矛盾の多様性に、芸術によってこのように明々白々に隠されたものに向けて、みなさまと乾杯したいと思います。乾杯。みなさまのご健康も祝して。

7……………………………さらなる会話

きみの言っているのは　彼の言っているのは
これはつまり　彼がさきほど言っていたのは

そうたしかに　もちろん
でないならば
そこでそもそも
それでいわば

わからないな
いったいどうしたら
当然きみたちは

他方では
それでどのようにかして

あの人たちはでもそれだけでなく
逆に妨げて

どうやらまだ
入ろうとしてるのがいるようだ
いったい何があるの
こんなぎゅうぎゅうなのに

出て行こうとしてるのもいれば
入ろうとしてるのもいる　ふつうのこと

カナッペまだある?
あのつまみは?
まごころの

瞬間へのまなざし？
親切そうな顔？

はい　とか
ありがとう　とか
ありがとうございます
いいえもうあります　とか
それはよろこんで　とか
ではもうひとつ　とか
そしてさらに　私　とか
私も
どうもご親切に
とってもおいしそうで
ありがとうございます
どういたしまして　とか
まごころ
もういちどもう一回　とか

反復
繰り返し
そしてはじめからすべてどうぞ
ありがとうございます

8……………………………………………………騒動

入口での騒ぎ。叫び声、人だかり、殴打。いったいどうしたんだ？　腕がねじ上げられ、顔が歪む、粗暴行為。殴り合っている。誰かが床にのびている、顔は血まみれ、血が静かに顔から流れ、顔の前に赤く光る血だまりをつくる。彼らはまだ踏みつけている、ブーツで。男にはもう意識がない。連中は男を殴り殺してしまうぞ。おいおい、もういいだろう。

殴りつづけろ　黙れ
このブタ野郎　くそったれ

すいません

申し訳ない
ここには入らないでください

どんなもんだ
お前なんかのしてやる
このゴミ野郎　青二才　げす野郎

あの人が我々に
何か話すのかな？
ねえ報せておくことが
あるだろ？
ぼくに何か
言っておかなくていいのか？
言ってみろよ　もういちど
さあ　あんたに聞いてんじゃないんだよ

手短かに言うと、あいつらが店に飛び込んできて、

あちこちに散らばって他の客たちのあいだに
混ざってゆく。もう警察が駆けつけている。
芸術家は警棒にサインをする、
警官たちはシャンパンをひとくち飲む。
狼藉者らは絵画を眺めている。
いま何があったのかの言い争いがはじまる。
生を強行突破する試みか
それとも人為的に作り上げられた絵画からこの部屋への
芸術の侵入か？
たんなる演出だったのでは？　なんかかなりけしからんことでも？

こうしてこの晩に
おおいなる晩が休息をとるために寸時
傾いてゆく　椅子に
腰をかけグラスを手に取り
飲む　乾杯　ひとくち
一杯のグラス　一杯のワイン　ワイン

ワインはまだ飲み干されていなかった
最後の煙草はまだまったく吸われていなかった
こうしてここに座って　思いにふけり
何も考えていなかった　この瞬間何も考えていなかった

これをぼくはまったく心地よいと思った

9……………………………大々的なレセプション

それからみなは上の階へ行く、居住空間へと
そこで今度は大々的なレセプションだ。
広い部屋がならび、隅々には花
そして到る所に芸術、書籍の山
芳香と先刻からのすてきな人々。
バルコニーからははるかに
町の夜景がひろがっている。

そしてぼくたちは
バルコニーに出てゆく
するとぼくたちのうえには空
するとざわめきながらざわめいてゆく
生と話のざわめきが

まだ少しだけ
金のことを　結局こうしたなにごとも
金と
芸術のために自分の金を惜しまない金持ち
がいなければとうてい不可能だ

そのような蒐集家はいったい何を購入するのか？
こういうオブジェを購入するのか？
こういう品物か？
芸術の作品か？

ものを所有することが購入者のなんの役に立つのか？
精神もいっしょに購入できるのか？

当然だ
なぜなら彼が支払っているのは
自由奔放でありたいという憧れに対してなのだから　まったくもって
ひとりの無制限な人間が
現状との
世俗的な結びつきを相手に戦うのにあたって
日常の雑踏にしがみつくという
ごくありきたりの抵当に
まずは負っている　そのような金銭でもって立ち向かうとき
ひどく批判的ないかなる批判や
最後になんとかもういちど否定がなされ
全面的に外部にいることが許される
という芸術家の憧れ
に劣らず矛盾している

そして隣で
隣室では
重くならない会話
またしても絢爛豪華な色彩の祝宴
ここにももちろん絵画がかかっている
観察と印象
そして先刻からのおとぎ話
が最後まで語られる
芸術家と彼の王
この話は自ずと
現在このいまへと向かってくる
権力に関して
反権力と
権力との距離のように芸術を政治化する
ひそかに隠されたやり方で

その際に忘れてならないのは
同時に愛の戯れが行なわれていること
どの片隅でも　どの部屋でも
どの食卓でも　もちろん
いい女たちがいるのはたしかだ
そして男たちは持っているものを見せ
眺め　しゃべくり　言い立てる
こちらでひーひー　あちらではきーきー
これが気に入らない者は
立ち去ればよい

抽象化についての論争。
アルベルトとの間で私が行なっている永遠の会話
描かれた絵画もまた
抽象的な絵画以上でなくてはならない。これはこれでおしまい。
それが充分でないこと、芸術が
関係するのはもっぱら自らのみであること、

新しい画法に
ひそんでいる
驚嘆に値する点を見ることができるのは
一握りの専門家だけでしかないこと。
新たに絵画を描く際にはその都度
まるでいままでに何も描いたことが
ないかのように、古いばかげたことどもを全部
新たに積み上げなくてはならないこと。その意味で
業績も進歩も処理済みの事柄も
全然存在しないこと。どんな絵画でも、たとえ抽象画であろうとも
目に見える世界の事実の感覚データをきわめて素朴に
同時に扱っているに違いないこと。そしてだから
なにかについて、なにかのための解決などないこと、
どんな絵画でもある種、完璧に新たに
目を開くことであり、まったく朝にふさわしくかつ愚かに
そしてそれからようやく複雑にそして込み入って
不完全、困難、混乱、等々、等々。

いいや　うん　すいません
それはすべてことごとく明らかで
議論の余地はない
思想は現実的でありうる
ただそれは対象物ではないのだ

そうそう　そうそう
そのとおり　そのとおり

そのすぐ隣では
別な人たちが別なことについて語っている
男は食事をしていた
女は劇場にいた
女はサッカーについて訊ねる
男は同僚について訊ねている

とってもおもしろい
あなたがおっしゃらないことは
そうそう

隣の部屋では
ダンスをする人まで出てくる
視線をほんのすこし
音楽に
うち興じているこの部屋に注ぐ
音量が大きくていいね
言葉はほとんどなく　心地よい

誰かがそこに寝ている
床のうえ
ふたりだ　本当に寝ている
ほんとおもしろい
ふたりして床のうえに

寝ていてそのうえ
ほとんど動かない
おっと
どうした？
この人たちそこで何してるの？
暗くていいいね
大きな音でいいね

いま何時？
いつまで？

ふたりはいま見つめ合っている
ふたりは愛し合っているかのようではないか？
そしてまたもやダンスをする
すっかり嬉しそうにうっとりとして
だんだんと人が少なくなってゆく

この場面も終わりに近づいている
映画人ひとりがまだ少しばかり大口を叩いている
この女はモデルで　この手の人物の言うことなら
嬉しそうに耳を傾ける　ええそうね
交渉人が助手に尋ねる
弁護士さんはもう法廷で他の
もちろん　当然です　彼の考えていること
彼が考えていたのはただ　この場合
わかります　いえ　逆です　よけいに
ああそうですか　わかりました　それではまた　あなたも

犬が低い声で吠え
誰かがしゃべっているのが聞こえる
ぼくは聞く
きみの心臓の
鼓動を　ぼくの心臓
誤りの理論

楽しみの

何言ってるの？

もちろん
そうだよ
パレット　あらゆる人々　わかった

10……………………………………………この夜に
水だけしか飲まなかった男

それは終わった
男にはもうできない
男はいま家に向かう
あちこちで別れの挨拶
ここで出会っては　さらに次へ行く
あれやこれやをもくろんで

夜がとうとうはじまるや
人々はただただ夜に運ばれようとする
外へ外へ
何処へ？
それを誰も知らない　何が起こるかは身をもってわかるだろう
すぐに見るだろう
それがこの部屋にある
芸術作品との
違いだ
じきに起こることが
わからないままであるということは決してない
どのようにすべてが終わるのか
これはははっきりしている
それは芸術の
死だ
芸術はもう完成しているが
我々はまだ完成していない

11……………………………………ほら

ほら
ねっ
ああ　うん
ふーん　すごい

第六幕

《胸にあてられた手　一九九〇年　二四四×三六六》
ジェフ・クーンズ

III

パレット

1……………………………………ベッドで

ねえ
いやっ
でも大切なんだ
忙しいの
あんたにはむかむかする
えっ？

これで終わりだ

2……………………………………………………その前で

ちょっと入らせてくれよ
どうしても
今日はひどく寒いから
ばかばかしい
でも凍てつくようだ
ウサちゃん

3……………………………………………………洗面所で

今日はこうやってとばしていくぞ
わたしも
じゃあしこたま
キメるぞ

ぐっと
わたしもよ
いいねぇ
早くはじめよう
そうね
もういますぐに
うん

ふたりはひとくち飲む
ふたりは線状に並べて
それを吸い込む
ふたりは勧め合う
ふたりはもう少し服用する
コカインを

ああ
いい

けっこういいね
それどころか
とってもいいよ
ほんとに
まったくよさそうだ
きみが言ってたように
そんなにうまくいってる？
何言ってるの？

どうでもいいけど

そろそろ
またなかに入ろうよ
ね？
ええそうね
それも悪くない

きっと悪くないよ

4……………………………パーティ　パーティ　パーティ

なにそんなに疑わしげに見てるの?
俺がか?
問題でもあるの?
何の?
何か欲しい?
いや　いらない
なんでいらないのよ?
わたし毒薬もってんのに

ほんと?

目ぇ開けてよくご覧なさいよ
これが今日のわたしのクスリのすべて

いくらすんの？
あんたなら二十ね
たっけぇなぁ
おっさん　あのねぇ
いま何時か
わかる？

わかんない

んでいくつ？
じゃあ十ほどくれよ
二百マルクある？
ほら
すぐ戻ってくる

5……………………………………地下室

なんだってこいつはぶん殴ってるんだ
女を

金満男が
ふしだら女を殴る　どうしてか？
男は女を憎んでいる　どうしてか？
女は男を裏切った　どのように？
わからない
女はひどく叫んでる
たしかに
度し難い光景

女は何してるの
手で？

裸の女
ひとりで
自分にかかりきっている
やる気なさそうに　苛立たしげに　事務的に
自分自身にも
思想にも飽き飽きして
しばしご執心だったのは
いったい何に対してだったのか？
彼女は少しばかり骨を折る
緊張のゆるむちいさな波が浅くやってくる
絶頂感と言ったら言い過ぎだけれど
彼女は手を鼻にやり
においを嗅ぐ

とってもすてきな絵だ
こんなのをすてきだって言うの？

じゃないか？
暗いし　つらいし　わかんない
ふぅん

あなたのことまたわかんなくなってきた
いいじゃゃん
いやよ
どうして？
わかんないけど

手ぇ貸してくれよぉ
何言ってんのよ？
あんたがそんなとこに立ってるからさ
どういう意味？
ごめん　悪いね
二十マルク？

そんでいいだろ
あったまおっかしいんじゃないの
三十かな？　それとも五十　いや四十
おっさんあのね　とっとここから消え失せなさいよ
わたしはそんなんじゃないんだからね

背が高く美しく利発そうな女
毛を剃って
腰掛けのうえに
片脚を高く上げる
全身泡で白くおおわれ
すばらしい
さりげなく
かがんでみせる
ごく張りつめて
テレビがついている
ハーラルト・シュミットだ[★9]

拍手喝采
電話が鳴る
女は目をあげる

受話器を手に持った奴
もう片方の手では
えっとーそのー
いじくりながら
話をして相手の話を聞く
ああ　それで？

漏らして汚した下穿きをつけ
青いモーリシャス切手[★10]をもった男
有刺鉄線を巻きつけられ
捕らえられ
動かず
突き刺すようなまなざし

隣ではマギー・ライザー[★11]が
脇の下を彼に差し出している
胸のふくらみが
とってもヒワイ

裸の女がソファーのうえで
手をあそこの前に
ひっそり静かだ
ほら
ちいさな犬が
女の足もとにうずくまっている
毛布
白い敷布団のしわ
背後の衣装箪笥の奥には
女中の　むき出しになっていない背中

木　柱　晩

女が叫ぶ
ののしる　わめく　悪態をつく
ヒステリックに裏返る声
はなはだしい甲高さで
男は
顔を背けて立っている
凍てつき
かたまり
彼は待つ

そのために彼は血を流すだろう
我々はそれを見ていよう
ぼくはもう不安を感じていない
えっ　なんのお金？
いかれた野郎　いかれた女

鳩の羽を持った若い女

年老いた女　荒廃

自殺像
黄色と紫色で
街路を行き惑うこと
意図なき計画
文字がすぐに
みなひっくり返り
からだが引き裂かれ
ばらばらに
ほとんどすべてぶっ壊れ

彼女はわけのわからないことをつぶやく
誰も知らない
誰のために？
理解できない
何を？

彼女が見ている様子
彼女が歩く様子
最後の人間
最後の瞬間に

女
子ども
つくられた
快楽
彼には思い出せない

ぼくはさっき
ここへ来る途中
すっかり取り乱してしまった
そりゃすばらしい
いいや
おそろしい

恐怖だよ　ほんと

ほんと?

率直　無防備　精密
凡庸で壮大かつ日常規模に悲劇的で安っぽい
絵のなかの絵　さまざまな契機　旋律

ちょっといいかな?　なに?
きみとセックスできる?　待って
どうして?　だってこの人にまだあと少し必要なの
なんだって奴はあんなに喘いでるんだ?
あんなに興奮して　なんでなんだ?
わたしのためよ　ほんとか?　そうよ
すごいぞ　そう　ああっ　どしたの?
もういいわよ　あいつ終わったのか?　ええ
そうか　こっち来なさいよ　こう?

そう　こう?　そうよ
そんでこれ
いい?
このなかに入れるものよ
どうして?　だってそうするもんよ　そうなのか
ふぅむ　なにか?　いい感じ
わたしも
あ
大きな声出してどうしたの?
こうやるともっといいんだ
これだとどう?　こうするときみにもいいだろ
それで?　次の人が待ってんのよ
ほんと?　うん　ちぇっ　ちぇってどうして?
良かったよ　たしかに　もういちど
いっしょにどう?　でももうやったでしょ
それでも　もういちど　でもまだ他の人だって
やりたいのよみんな

そうかな？　そうよ　ちぇっ
ほんとにすてきだったわ
そうだね

男は商談を結ぶ
金を支払う
品物を受け取る
ここを去る
去る

酔っぱらった男が女を殴る
またもや永遠の像
どうか細かに描かないでほしい
どうしてだめなの？
この場にふさわしいでしょうが？
憎んでるんだ
見たくないんだ

酔っぱらった男が
彼の妻を殴る
彼女は男にふさわしいか？
くっだらない質問だ　じゃあ
酔っぱらった男が家で殴る
妻を　家に帰り　鍵を閉める　等々　等々

きみの胸は
あの人のよりきれいだ
そう思う？
うん
嬉しい
ぼくも

きみも
あんな母親なの

あそこの人のような？
そんなもんね
何ていう名前？
あそこの人？

床の向こう端にあるモティーフ
抽象的な話
像
現在に
向き合い待つ　それから

壊れた人々　これでも人間だ
みんな？　ずっと？　もっぱら？　いつまで？
どうして？　なんで？　どういうふうになったの？
突然に？　綿切れ
男はそれへ
女を彼は

そして逆に
むろん彼女は彼に

わかった　もうたくさん
わかったよ　充分だ
虐待され　破壊され
ひいきされ　あまりに薄弱
あれこれの野心について
恐怖と行為について
顔に現われた過程
老人の書面

判断を失い
そして終わりそして破棄され
普通の歴史
もちろん　きっと

最終場面　地下室
ここの最終光景　すぐに

机に向かった奴　手には鉛筆
立ち上がって　書き　また立ち上がり　歩き回り
書き　床には書物　書類　ものにあふれ
頭を沈め　そこで書く　頷く
そしてまた立ち上がり
歩き回り　しゃべる　絶え間なくしゃべる
しゃべる内容を書く　書き方に頷く
語るように書く　頭で頷く
膝を揺すり　聞く内容を書く
考える内容を聞く　見る内容を考える
さまざまな像　言葉からできた　静寂の事柄
そして騒音　とてもおおきな騒音

6……………………ダンスをしながら

もしそれが嵐でないなら
なんのため　それではなんのために？
忘れるんだ
もしそちら側から
開かないのなら　誰がそうしようと思うだろう？
もしそれが来ないなら　どうなのか
ただそれが望むので
やっぱりどうでもいい
もし賢い女が　そうしたくないために
来ていないというなら
忘れるんだ
もしそれが望まないなら
考えているように
彼は待ち期待する

そしてもし彼女がそれから来るなら
彼女がそうであるように　彼女はどうなのか？
うーん　そこ　そこに彼女はいたんだ
いまさっき　きれいな彼女が

忘れるんだ

7…………………………………カウンターで

うう　ああ
ああ　ああ
どうしたの？
飲めるかな？
えっ？
まだなにか
飲物ある？

そろそろお終いにするんだけど
ほんと？
もうかよ？
いま何時だか
わかってんの？
いいや
そのようね

8……………………………すぐ隣で

このメルツェーデス　これ？
ピカピカの新車だぜ　どうだい？
そのすぐ隣で　すっかり醒めてふたりは
ものすごく話している　音楽がうるさい
メルツェーデス　アクロポリス　マイアーの芸術作品
歴史　書物[★12]　この戯曲
ザ・ゲティー　ザ・なんだって？

全体　時間
この幸福と今日のぼくたち
考える感情
でもきみ　きみも違う
もうすっかりごきげんじゃないかい
違うかな？

9…………………………………床のうえで

起きあがらなくちゃいけないかな？
ええ　どうして？
横になってる方がいいじゃない
じゃあもういちど
キメようか
そりゃいい
ブツあるかい

それともぼくが持ってるかな
わかんない
でも見てごらん
さっきどこに
しまったかな？
んん？
そういやそうだ
だいたいコカインが
まだあったかな？

いいや

もっと買っとこうか？
まだいるかな？
もう帰っちゃった
と思ってた
コカインの

売人は
ちょっと覗いてこようか？

あ　いいよ

それよりもこれからもういちど
キメよう
そうだね
むやみに慌てることないよ
いまはそんなに
ブツくれないか
あなたのほうで持ってると
思ってた
えぇっ？
ぼくが？
ん？

10…………………………入口で

で　これから？
うん？
これからどうする？
ぼくんとこ来る？
それともわたしのとこ？
きみんところだ

でもわたしのうち
めっちゃくちゃよ

うちだってそうだ
だいじょうぶ
横になって
ビデオでも観られれば

そうね
それで
ふたりで
ゆっくり眠れればね

ご覧
この光
ちょっと明るくて
きれいだ
たしかに

ほんとにそうね
もう行こうよ

ああそうね　行きましょ

11……ベッドで

ねえ
なに
愛してる
しっ

12……すっごくすてき

さっきみたいに
ふたりが寝ている
交わってる
やってる
している

何度も口づけをして
おおきな声を出し
黙っては　笑う
どしんばたんと音を立て
それも
ものすごく

わかる
わかった
とってもいい
すっごくすてき

じゃあそれから
それから
じゃあそれからまた

第七幕　『生い茂った小道で』
ハムスン[★13]

V　画像

1……幻影

それからぼくは出て行った
にわかに静かになった
そしてこの静寂
平穏
ぼくのなかにも

そしてぼくは息を吸い込んだ
ぼくは立ち止まった　聞き耳を立て
考えた　そう本当に
いまとってもハイだ　にわかに訪れたこの平穏
静寂　ぼくのところへと
言葉ならざるものからやってくる

狂ってる　この人　そう
こうして人のなすすべて
人の生き方の　こうしたあまたの
それにそもそも
そのような者としてどうやってやり抜くのか
自分のうちで　正確にはどこで
どのように　いかに進むのか？
暴力を抑えること
誰がそれをするか？

誰がいるのか？
ぼくのなか？
この人物
多くのことをなし　担い　絶え間なく行ない
そして伝える　たいてい不平を言わずに　すばらしく

この問題を　さほど直接には考えず
むしろ頷きながら感じた
これはいいんだ
これはこうなんだ　と
これに少し感嘆し
これはもしかしたらもう　めったに人が考えることはないけれど
ふつう　他方では　もちろん
当然　当たり前

外では　すでに述べたとおり

もう朝だった
そしていまは静寂
があった　とてつもなく壮大で
ぼくは息を吸い込んでからそこへ入っていった
そしてふたたび頷く　心のなかではすっかり朗らかで
柔和な気持ちだった

すてきなことがひとつ
一日の生と三つの夜
画廊には七枚の絵画
大きすぎず　ちょうどふさわしい
そこでこれを見る人は考える
そう　こりゃいい

そうだった　ときどきうまくゆき
ときどきうまくゆかない
秘密にみちているが

魂の鉱山

そう

そしてぼくは見た
ぼくの前にある世界
芸術　一枚の絵画を見た　それを
ぼくは人々とその顔を見た
お互い同士を見た　同じもの
それが分かれる様を　なぜならそれは語り
壊れ　論証されそして
失われ、ふたたび獲得されるのだから
新たに

多くの人々の成り行き
個々において　それ自体　すべてにあって
狂っている　ほんとにすっかり　ただしどうか

ジェフ・クーンズ

死へと突き進まないで　驚き
穏和な瞬間　いや

人は見る　意味が
争いにおいて　限界が　終わりが
憎しみが　満ち満ちるくだらないことが
すべてのうえに崩れ落ちるのを　崩壊を
そして壊れたもの　攪乱　破片そして

誰もが知って
いること　うんざりするほどよく知っている
否定　批判　そして嫌悪　拒絶
反射的な吐き気　絶え間なく
そして到る所　機械的に
永遠に　まるで何も存在しないかのように　それ以外　何も
そう　否定以外の何もない

絶対的で絶え間なく
それ以外は何もない　そして
人は知っている　それが誤りであると
そこから何が生ずるか　人のなかで　否定でないものへの
憧れ　それは確かだ　失礼ながら
こんなに単純なものなのだ　これですら
そして気に入らない人にもできるのだ
ああ　何？　これからどうする？
行こうか？

そしてぼくは見た　それがそこ　絵画の前に
そう　それがどのようにあったのか　それで良かったのだろうか？
それで良かったということ　そのとき
そのときそれで良かったのだ
そのときぼくは好ましく

そのとき慰めと精密さがあった

それも　理解されうる以上に
そのとき塊が　重みが　全体があった　たくさんの
血迷い言が
そして同時に平穏が
そのときいっさいがあった
まだどうにかいっしょになって

そこでいまふたたび画廊でひとり
祭は終わった　グラスや灰皿は
隅に押しやられてある
そして絵画の発するほのかな輝きが
あらゆる側から　それが引き起こす
興奮と
同時にそのやさしさが
時間の記憶装置のなかに記憶される
絵画の光と囁き　絵画の到着　叫び

悲劇的でもある
ひとつの共感　ごく一般的に
もうここまで達し
でもまだこんなに若く
我々の前にあるもの　すべて

そして男がそれを見ているのをぼくは見た
そして深く息をついて頷き去るのを
そこでぼくは帰っていった
家に
もうだいぶ眠くなり
そして心臓が打つのを聞いた
ばっ　どぅむ　ばっ　どぅむ
しばし
じっとして　耳を澄ませた

終

ジェフ・クーンズ

訳注

★1―絵画を象徴するものとして絵具を溶く板を示すと同時に、ドラッグ・シーンを象徴するものとしてコカイン吸引のための板をも示唆している。

★2―同名のテクノ音楽曲がある。

★3―ブルダ、シュプリンガーともドイツのメディア・コンツェルン。前者は週刊誌「フォークス」など、後者はタブロイド版新聞「ビルト」などで有名。なおシュプリンガー傘下の俗悪新聞「ベルリーナ・ツァイトゥング（BZ）」社長名のフランツ・ヨーゼフ・ヴァーグナーがここで示唆されていると考えられる。

★4―マドンナのアルバム“Ray of Light”（一九九八年二月発売）に収められた曲“Frozen”の一節。「ジェフ・クーンズ」執筆中のゲッツの様子の一端は、当時の日録である『万人のためのゴミ』から窺えるが、そこでは「フローズン」を繰り返し聞いているとの記述もあり、《この曲がつくられているくらい控えめで、同時に感傷的に書くことができるなら》という願望も表わされている。

★5―ブレヒト未完の戯曲「ローザ・ルクセンブルク」断章より。なお、《助けられている人の顔に向けられたまなざしは、美しい地帯へのまなざし》というこの詩句は、クリストフ・シュリンゲンズィーフが一九九八年に組織した政党「Chance 2000」のキャンペーンに使われている。ベルリンのフォルクスビューネが小劇場として用いているプラーターで開催されたこの政党の催しに、本作品執筆中のゲッツも参加している。

★6—ゲルリッツ駅は旧西ベルリン南のもっとも東寄り、かつての東ベルリンと接するクロイツベルク地区にある地下鉄駅（駅そのものは高架上）。戦前はこの近辺に同名のターミナル駅があった。現在ではトルコ人住民が多く、またジャンキー、ホームレスなども見られ、〈画廊〉を擁するような地域とでは対照的。

★7—現代美術を扱うマックス・ヘッツラー画廊は、一九七四年にシュトゥットガルトで活動を開始し、一九八三年から一九九三年まではケルン、一九九四年以降はベルリンに本拠を置く。ジェフ・クーンズはこの画廊のグループ展に何度か参加している他、ケルン時代の一九八八年十一月、一九九一年十一—十二月に個展を開いており、彼にとってドイツでの重要な場となっている。

★8—英語部分の訳。《そこで私は次のようなことを言おうと思った／こちらはジェイン／お父さんは黒人の男が好きで／お母さんは美容整形手術をしていて／彼女はあなたにうってつけ／だって彼女はあなたを思いのままにして／あなたはそれを喜ぶのだから／／だめだめ／／わかった、それじゃ／別なのにしてみよう／／それがいい／／こちらはトム／彼はでぶ専／／こっちの方がいいぞ／／もし私が二人の名前を思い出せなければ／二人を紹介することができない／私はおおきなため息をついて言う／ああ、人を紹介するのに疲れちゃったよ／一晩中やっていたん

だから／どうしてあなたたちは自己紹介をしないのか》

★9―一九五七年生まれの俳優、カバレット芸人。一九九〇年頃よりテレビのショー番組の司会者として大衆的人気を博している。

★10―一九世紀半ばに英国植民地だったモーリシャスで発行された切手。印刷ミスにより稀覯物として蒐集家の垂涎の的となっている。橙色と青色の二種類がある。

★11―アメリカ合州国出身のモデル。

★12―ポール・ゲティー（一八九二―一九七六）はアメリカ合州国で石油産業により億万長者となった人物。莫大な財産を用いて美術品を大々的に蒐集した。なおロサンゼルスのポール・ゲティー・センターはリチャード・マイアーが設計している。マイアーの著作“Building the Getty”をゲッツは本作品執筆中に読んでいる。

★13―ノルウェーの作家クヌート・ハムスン（一八五九―一九五二）はナチに協力したため、戦後はノルウェー国家に被害を与えたことを問われ罰金刑を受けている。しかし一九四九年に発表した『生い茂った小道で』でハムスンはかつての自らの行動を正当化し、悔悟の姿勢を見せることを拒んでいる。

訳者解題

空疎さのなかの〈光あれ〉

初見基

本書は Rainald Goetz »Jeff Koons. Stück«（1998, Suhrkamp）の全訳である。

ライナルト・ゲッツはドイツでは一部でカルト的と呼べるまでの熱い支持を得ているにとどまらず、制度的な批評からもポップ文学の第一人者として一目置かれてきた。しかしその他方では、さまざまなスキャンダラスな文脈のなかで揶揄とともに語られもしており、毀誉褒貶の幅は激しい。なにはともあれゲッツがこの二十年来無視しえないドイツ語作家のひとりであることは間違いない。

とはいえ、ゲッツ作品の邦訳ははじめてであると思われるので、ここではまず作家ゲッツを紹介し、そのうえで本作品についていくつか情報を記すことで解題に代える。

作家ライナルト・ゲッツ

ライナルト・ゲッツは一九五四年にミュンヒェンで外科医の父と写真家の母のもとに生まれている。医学と歴史学を併行してミュンヒェン及びパリで修める。それぞれ小児精神医学及びドミティアヌス帝時代のローマ史によって学位を取得した。学生であった七〇年代後半より新聞・雑誌に書評などの執筆をはじめているが、彼の名が一躍知られるようになったのは一九八三年に新人作家の登竜門的な役割を果たしている、オーストリアのクラーゲンフルト市における「インゲボルク・バッハマン賞」コンクールでの登場になる。このとき自らのテクストを朗読していたゲッツは、《血がなければもちろん意味はない。俺はテロリストにならなかった、だから俺自身の白い肉へと切りつけることができるだけなのだ。〔…〕俺は皮膚に切りつける、血が迸り出る〔…〕俺は落ち着いた手で剃刀の刃を無傷な肌の好きな箇所にあてがい、表皮深く目に見えるように切り込む》(「ただちに」、後に『脳髄』(一九八六年)所収)といった箇所を含んだ作品終盤に、携行していた剃刀で自らの額を切りつけてみせ、ぼたぼたと血が滴り落ちるなかで朗読を終えた。賞こそ逸したものの、衝撃的な映像がテレビなどを通じてひろく広まったこともあり、この一件は以後、肉、血、憎悪、暴力、ポップ、パンクといった合言葉とともにゲッツを語る際につきまとうこととなる。

その後、作家としての実力は『狂人たち』(一九八三年)と『管理され』(一九八八年)の二編の長編小説で広く認知される。

『狂人たち』では、精神医療の現場に身を置く作者と等身大の主人公を中心とした情景が描かれる他、精神医療をめぐるさまざまな声が断片的に集められていた。さらには、七〇年代ドイツ文学にポップアート的な要因を持ち込んだロルフ・ディーター・ブリンクマン（一九四〇—七五）が好んだ写真コラージュに倣った試みなどもなされている（これについては同時期に発表されているエセーにおける方がより顕著に見られる）。散逸を感じさせかねない諸部分を、しかし小説という形式のもつ凝縮力が統御することによって、〈狂気〉と称される厄介な領域を、その政治化もロマン化も拒否しつつ描き出すことに本作は成功していた。

長編小説第二作の『管理され』（表題の »Kontrolliert« は《検閲済》とも訳しうる）は、一九七七年の〈秋のドイツ〉と言いならわされている、赤軍派によるテロリズムの激化と、これに対する西ドイツ政府の〈国家テロル〉に震撼した社会を背景に、状況から退き屋根裏部屋に孤絶した語り手によるモノローグと、それと一見無関係に見える諸断章から成る。緻密な構成と濃厚な文体、ときとして現われるトーマス・ベルンハルトを思わせる罵倒の重畳などによって、〈六八年にはまだ若すぎ七七年には年をとりすぎていた〉と彼自身が規定している世代のひとりとしての〈極私的〉な位置から〈秋のドイツ〉が描かれた、八〇年代ドイツ文学のなかでも屈指の傑作である。

さらに、本人の言によれば《革命家の政治史》を描いたという戯曲「戦争」三部作（一九八六年）も高い評価を得て、八八年のミュルハイム戯曲家賞を受賞している（この賞をゲッツはその後、九三年に「要塞」三部作のうちの「白内障」、二〇〇〇年には本作「ジェフ・クーンズ」によって受けている）。なお、「戦争」のテクストの一部を用いたハイナー・ゲッベルスの楽曲「解放」がアンサンブル・モデルン演奏でCD化されている（ECM1483）。

しかしこれ以後のゲッツに読者は当惑させられることが多くなる。たとえば、一九九三年に発表した、同題の戯曲を含む『要塞』全五巻のうちの三冊は、詩の体裁をした日々の書きつけがとりとめなく延々と千六百ページを埋めているばかりだった。

この頃、一九九〇年代のゲッツは、遅まきながら〈夜の生活〉の享受を覚えるとともに、テクノ音楽シーンに深入りしてゆき、ヴェストバム（Westbam）、スヴェン・ヴァス（Sven Vath）といったＤＪとの交流ばかりでなく自らレコードを出してもいる。こうした外的な変化は、著作においても〈憎悪の作家〉が〈現世肯定者〉に変貌した、と囁かれるにいたる境地として現われる。不可視の権力に向けられた鬱屈した怒りよりも、現在の享楽が作品の言葉を占めてきたという評価だ。

八〇年代終盤から九〇年代にかけてゲッツがのめり込んだテクノ、レイヴ、クラブ・シーン、ドラッグなどに表わされる世界を作品化したのが、本作もその一画をなす「今日の朝」連作になる。《今日の朝、四時十一分、露を摘みに行った草原からぼくが帰ってきたとき》を共通の題辞とするこの連作は、1『レイヴ』(小説、一九九八年)、2『ジェフ・クーンズ』(戯曲、一九九八年)、3『デコンスピラツィオーネ』(小説、二〇〇〇年)、4『祝賀会』(エセー及びインタヴュー、一九九九年)、5『万人のためのゴミ』(長編小説、一九九九年)の五冊から成る。さらにこのほか、彼自身によるテクノ音楽レコードの»Word«、一九九八年五月にフランクフルト大学で行なわれた詩学講義「実践」、ヴェストバムとの共著『ミックス、カッツ&スクラッチズ』(一九九七年)、詩・インタヴュー集『美女たちの十年』(二〇〇一年)などもこの周辺の仕事に含まれる。以下では、このなかで九〇年代以降のゲッツを顕著に表わしている『万人のためのゴミ』についてだけ触れておく。

このテクストはもともと一九九八年二月四日から翌九九年一月十日までの間、ウェブサイト上で連日公開された日録風の書きつけである。それだけならば時流にいささか先んじた試みであるにすぎず、悪く言うなら日記の垂れ流しにとどまる。しかしその提示法においてゲッツ独特の〈形式〉への執着が前面に現われる。日付入りで日々の——さらに個々の記述は分刻みで——雑録がつづく。それらは七日間

＝一週を一単位として、さらにこれが七週間で一単位を形成し、全体はこれが七部集まることによって完結している。そしてまた、これが九百ページ近い単行本として刊行された際には、普通に見てストーリー展開も作品構築の意志も欠いたテクストであるにもかかわらず、《長編小説（Roman）》とジャンル表示されていた。すなわち、もしこれを小説と呼ぶのなら、作品を統べているのは、《七》という数字だけなのだ（ちなみに、この数字は〈天地創造〉にかかった日数にあやかっていると同時に、直接にはカール＝ハインツ・シュトックハウゼンの「月曜日」から「日曜日」より成る七部構成のオペラ「光」から着想を得ており、書籍版裏表紙には《光（Licht）》と一語記されている）。ここでは作品を内側から支えうる構成原理など存しない。内容空疎な現実に外側から形式を与える要請として、いわば〈光あれ〉という造物主の言葉として、《七》という数字が機能していると考えるべきだろう。そしてこの数字は、「ジェフ・クーンズ」の構成にも反映されている。

一九九〇年以降のドイツ文学にあっては、世界の冷戦構造の解体と軌を一にするかのごとくに〈戦後〉的規範の希薄化が否定しがたく観察できる。しかしかねてよりの束縛を離れた後で向かう方向性は、神話や歴史であったり、〈国民の物語〉を仮構してみせたり、と、とうにその無効性が露呈されている途か、〈私〉あるいはその周辺の小世界に自足したいわば〈私小説化〉か、というような例が圧倒的になる。ゲッツの場合、後者の傾向に数えるべきかどうかきわどいところではあるが、ともあれ彼なりに既成の物語に取り込まれることを峻拒し、あくまでも〈現在〉という解体状況に忠実に伴いつつもそれにいかようにか形式を与えようと努めていると言える。現実の解体・空疎化を肯定しながら、それに対応しうる言葉の世界を構築しようとしているのだ。そのような彼の姿勢は戯曲「ジェフ・クーンズ」にも現われているだろう。

戯曲「ジェフ・クーンズ」

本作品の表題になっているジェフ・クーンズは一九五五年アメリカ合州国ペンシルヴァニア州生まれ、その作風はポップ・アート界でマイク・ケリーやシンディ・シャーマン（二人とも一九五四年生まれ）らとともに〈シミレーショニズム〉と一括されている。電気炊飯器や掃除機などマルセル・デュシャン流のレディメイド作品、商品広告を模したポスター、猿を抱いたマイケル・ジャクソン像や高さ六・五メートルの花による巨大な「子犬」像、本戯曲のなかでも触れられている「熊と警官」

やビニールやプラスチック製のいかにも安っぽいウサギなどの動物像、といったように、概してキッチュであることに徹している。

また女優でイタリア国会議員も務めたチッチョリーナことイロナ・スタラとの性器も露わな〈絡み合い〉をモティーフにした「メイド・イン・ヘヴン」などの一連の作品で物議を醸したが、その後の実生活にあってもイロナとの離別と二人のあいだの子どもの親権をめぐる裁判によって世間を騒がせた。

ゲッツは、アンディ・ウォーホルに対してはかねてより深い愛着を示してやまず、彼とニクラス・ルーマン、ミシェル・フーコーを《三大恒星》と称しているが、ジェフ・クーンズのことはウォーホルの後継者と見なしている節がある。一九九一年のテクスト「美的体系」では、《私の倫理はジェフ・クーンズの芸術の形姿を持っていると思う（相互主観的に客観的な観念現実主義）》（『クロノス』所収）と記されている。本戯曲との係わりでは、「シュピーゲル」誌インタヴュー（一九九九年十二月十三日号、『美女たちの十年』所収）のなかで、《私は彼の芸術を愛している。どの段階であろうとすべてを。道のりのいっさい、ばかげたいっさいを。彼の芸術は、私的かつ芸術的生活における挫折の来歴を基盤とした、光輝への憧れなのだ》と述べていた。さらに本作品での彼のクーンズへの思い入れは、《この人物が九〇年代に突如まったく愛想を尽かされた芸術家になるということがどうして起こりえたのか》という点に基づくという。事実九〇年代に入ってからのジェフ・クーンズは、イロナとの裁判の他、展覧会の延期や画廊への不義理、工房における独裁者的態度などによって評判を地に落としている。

《九〇年代の政治的芸術にあって彼は突如絶対的な憎悪の対象となった。時代がいまや彼に敵対していることに誰もが喜んだ。八〇年代後半に彼が世界に向けて吐き出した、あらゆることに介入してみせるという巨大な構想、誇大妄想の全体が、いまや実に無であるかのごとく笑止千万なものとして倒壊してしまった。彼がアダムでチッチョリーナがエヴァであったり、指先で永遠に触れてみせる、といった狂った考えが。それはそれでみごとだったのが。やがて愛も破局を迎え、芸術作品はあまりに高価となり、市場は崩壊する。さらに二人のあいだの子どもの扶養権をめぐる恐ろしい係争に彼は巻き込まれる。これ以上悲惨なことはないだろう。そしてそこから彼はなにをなしたか？　大連作「祝賀会（Celebration）」だった。幼年時代の幸福がここで寿がれている。》

ただこうしたゲッツの動機は、そう知って読めば数々の示唆を認められるものの、作品に明瞭に書き込まれているわけでなく、はじめて接する日本の読者はこの戯曲に途惑われるのではないかと思われるが、事情はドイツでもさほど変わらないようだ。そもそも登場人物の指定や台詞とト書きの区別もなく、のっけから《第三幕》ではじまるにとどまらず、全体をあますところなく説明しうる明瞭な筋を見いだすのも難しいからだ。細部でも、中途で切断されたまま意味をまっとうしていない文章や単語が頻出する。

とりあえずは〈芸術と芸術家〉ないし〈芸術と生〉がこの作品の主題であると言える。だがそれと並んで、一対の男女の〈愛〉とその終わり、〈芸術〉談議を滑稽なものに格下げするようなパーティ、クラブやドラッグ・シーン、ホームレスがたむろす光景、そしてときとして叙情的な記述、といったさまざまなシークエンスが一見脈絡なく並べられている。ジェフ・クーンズその人にしても、作中の芸術家像と捉えることも可能だが、〈芸術〉と〈生〉を意図的に渾然一体化させたクーンズ的なあり方を、この表題は示しているだけであると解することもできよう。

ゲッツ自身は前出インタヴューで《演出家と俳優がすべて辻褄合わせをしなくてはならないのか》との問いにこう答えている。

《演劇人は私のテクストから自分の像を作り出し、それに自分の関心事を対置することになる。いったん私が演出家を決定したら［…］この作品は完璧に演出家の手のうちにあり、好きなように彼はテクスト処理をできる。置き換え、モンタージュ、削除でもなんでも。私は素材を提供する、それだけだ。》

ゲッツの戯曲をこの限りで、上演の原典たるべき一貫性を放棄した、〈ポストドラマ演劇〉に与したテクストと呼ぶことは可能だ。その関連で述べるなら、翻訳作業も訳者の解釈による方向性に基づきテクストに加工を施すことになる。一例だけ挙げるなら、本書では一人称代名詞 »ich« を男性主語として《ぼく》《私》《俺》、女性主語として《わたし》と訳し分けているが、これは男女区分を含め訳者の判断による。ほかの可能性にも開かれていることをお断わりしておく。

それでもともあれ、解体、空疎、無意味、矛盾、散漫といった相のなかから《光輝への憧れ》が微かに滲み出ている点において、書かれたテクストとしての戯曲の自己主張が撤回されているわけでないことは強調されてしかるべきだろう。

本作の初演は一九九九年シュテファン・バッハマン演出によりハンブルク・シャウシュピールハウスでなされ、これは二〇〇〇年ベルリン演劇祭でも客演された。このほか、ヴィーン・ブルク劇場、ベルリン・ドイツ座小劇場でも上演され、英訳版は二〇〇四年にイングランドのＡＴＣ（actors touring company）によって初演されている。戯曲は英語のほかフランス語、デンマーク語、スウェーデン語、ポーランド語、ロシア語、オランダ語、スペイン語などにも訳されている。

どの上演でも原作に大鉈が振るわれており、また配役は演出家によってかなり自由になされている。バッハマン演出では、ビールを片手にジャンキーとして登場する、アンディ・ウォーホル風の鬘をかぶった八人の男優が、アカペラでマドンナの「フローズン」を歌い、またクーンズ作品でなじみの動物ぬいぐるみが舞台を行き交いもする。マルティーン・プァフ演出（ベルリン・ドイツ座）では、警部と警部補の二人が狂言回し的役割を果たしている。ただ力点はおおかた工房の風景と一対の男女の〈愛〉の行方に置かれており、バッハマン演出での男女はクーンズ作品「メイド・イン・ヘヴン」を踏まえた彼とチッチョリーナを髣髴させるもので、プァフ演出でも同様ながら、こちらでは芸術創造と二人のあいだでの子どもの誕生との連関が全体を貫く一本の線となっている。それらにあってもちろん〈芸術と生〉という主題はつねに茶化され相対化されている点では、原作が踏まえられていることは断わるまでもない。

訳出にあたって不明な箇所についてはドイツ語を母語とする何人かの方々にうか

がった。文法規範の逸脱、意図的に毀損された構文や単語、さらに言葉遊びを訳しきれない訳者の力量はそれとして、ときとして相反する意見もあり、いただいた情報は必ずしも活かされていない。ここでは全般にわたって訳者の質問につきあっていただいたライノルト・オプヒュルス＝カシマ氏のお名前を挙げるにとどめるが、お世話になった方々に改めて感謝申し上げる。

著者

ライナルト・ゲッツ（Rainald Goetz）

1954年ミュンヒェン生まれ。精神医療を主題とした小説『狂人たち』（1983年）、赤軍派と西独国家のテロル状況に揺れた〈秋のドイツ〉を背景にした『管理され』（1988年）、戯曲「戦争」三部作などで注目される。1990年頃より転位を遂げ、テクノ／レイヴ・シーンに深く肩入れし、現世享受的な方向性を呈する。その刻印は執筆作品にあっても、1993年の戯曲「要塞」三部作を含む『要塞』全5巻から、1998年から2000年に出された、戯曲「ジェフ・クーンズ」も含まれる「今日の朝」連作全5巻まで、強く見て取れる。

訳者

初見基（はつみ・もとい）

一九五七年埼玉県生まれ。東京農工大学を経て、二〇一〇年度にて廃学される東京都立大学に目下勤務。ドイツ文学専攻。著書に『ルカーチ』（一九九八年、講談社）、訳書にカール・シュミット『ハムレットもしくはヘカベ』（一九九八年、みすず書房）他。

ドイツ現代戯曲選30　第二十二巻　ジェフ・クーンズ
二〇〇六年十一月一〇日　初版第一刷印刷　二〇〇六年十一月一五日　初版第一刷発行
著者ライナルト・ゲッツ◉訳者初見基◉発行者森下紀夫◉発行所論創社　東京都千代田区神田神保町二－二三　北井ビル　〒一〇一－〇〇五一　電話〇三－三二六四－五二五四　ファックス〇三－三二六四－五二三二◉振替口座〇〇一六〇－一－一五五二六六◉ブック・デザイン宗利淳一◉用紙富士川洋紙店◉印刷・製本中央精版印刷◉◉ISBN4-8460-0609-3